**LE BATELEUR**
*est le deux cent troisième livre*
*publié par Les éditions JCL inc.*

**Données de catalogage avant publication (Canada)**

Martel, Lucien, 1943-
  Le bateleur

(Collection Couche-tard)
  ISBN 2-89431-203-2
  I. Titre. II. Collection.

PS8576.A7633B37 1999    C843'.54    C99-900974-5
PQ3919.2.M37B37 1999

© **Les éditions JCL inc., 1999**
*Édition originale: septembre 1999*

# LE BATELEUR

Collection
Couche-
tard

© **Les éditions JCL inc., 1999**
930, rue Jacques-Cartier Est, CHICOUTIMI (Québec) G7H 7K9 Canada
Tél.: (418) 696-0536 – Téléc.: (418) 696-3132 – www.jcl.qc.ca
ISBN 2-89431-203-2

LUCIEN MARTEL

# LE BATELEUR

LES ÉDITIONS JCL

*Nous reconnaissons l'aide financière du gouvernement du Canada par l'entremise du Programme d'Aide au Développement de l'Industrie de l'Édition (PADIÉ) pour nos activités d'édition. Nous bénéficions également du soutien de la SODEC et, enfin, nous tenons à remercier le Conseil des Arts du Canada pour l'aide accordée à notre programme de publication.*

The Canada Council | Le Conseil des Arts
for the arts | du Canada

*À Carmen,*
*pour sa patience et mes absences.*

## REMERCIEMENTS

Pour construire la trame de cette histoire, de nombreux renseignements ont été puisés dans le livre de Duncan C. Campbell, *Mission mondiale, Histoire d'Alcan, Volume 1 jusqu'à 1950*, publié en 1985 aux Éditions Ontario Publishing Company Limited.

Tous les personnages de cette histoire sont fictifs. Quoique, à bien y penser...

# Chapitre 1

Ses doigts glissent sur la peau chaude, tendre, lisse et satinée de Manuela.

— Felipe. Hum...

Elle se blottit dans ses bras en lui murmurant des mots d'amour. Philippe hésite à ouvrir ne serait-ce qu'un œil. Il est partagé entre le désir de s'abandonner dans les bras de Manuela et le devoir de commencer cette journée qui s'annonce longue, chargée.

Manuela s'amuse à promener ses mains expertes sur son torse, à pénétrer timidement dans son intimité... Elle se déplace délicatement sur son torse, penche sa tête tout près de la sienne et lui murmure des mots tendres, avec un accent qui lui fait chavirer le cœur :

— *Felipe, bésame.*

Philippe est sur le point de succomber, sa volonté parvenant difficilement à prendre le dessus.

Il jette subrepticement un regard sur son réveille-matin et constate avec stupéfaction qu'il est déjà huit heures.

— Ciel penché !

Avec mille excuses, il éloigne délicatement Manuela en lui expliquant qu'elle est super, qu'il aime beaucoup faire l'amour avec elle, mais qu'aujourd'hui est une journée exceptionnelle et il ne peut se permettre d'être en retard.

— Je devrais être déjà au CIA !

— Tu travailles pour la CIA ?

Il court vers la douche, s'habille en toute hâte, lui donne un baiser et lui suggère de partir. Nathalie va arriver d'une heure à l'autre.

— *Momentito por favor.* Écoute, j'ai quelque chose à te dire, à ce... lance Manuela.

— C'est ma journée de graduation et tous les étudiants doivent être au CIA, à huit heures précises. Je te téléphonerai demain.

Il dévale l'escalier, hèle un taxi et lui demande de se diriger rapidement vers le Centre international de l'aéronautique.

Tous les parents des étudiants sont invités à cette cérémonie qui marque officiellement la fin du cours en aéronautique.

***

La nuit précédente, Philippe avait participé à la traditionnelle veillée d'armes du Club des Indéfectibles Aviateurs, le CIA, un sigle que les étudiants avaient calqué sur celui de leur école. Tous les diplômés – ils sont une vingtaine – s'étaient rassemblés dans un bar de la ville. Ils avaient bu, chanté et raconté les meilleurs moments de leur formation, surtout les plus croustillants.

Pour être admis dans le club, l'étudiant devait prendre part à trois épreuves.

Il avait été obligé de boire une bière d'un trait pendant que tous les autres chantaient en chœur :

« Et glou, et glou, et glou, et glou, et glou, et glou, et glou, et glou, et glou. Il est des nôôôtres, il a bu comme les auôôtres. »

Philippe n'aimait pas ce genre de fanfaronnade ; il supporte difficilement l'alcool lorsqu'il boit trop rapidement. Comme il ne voulait pas passer pour un fluet, il avait fermé les yeux et s'était prêté de bonne grâce à cette première épreuve qu'il avait quand même réussie.

Pour la seconde, chaque étudiant devait repérer dans le bar la plus belle des filles et la draguer pendant que ses compagnons observaient plus ou moins discrètement le déroulement de l'Opération charme. Philippe avait relevé ce défi avec plus de facilité. Il avait remarqué depuis un bon moment, à la table d'à côté, une grande femme au teint foncé, les cheveux très noirs, élancée, élégamment habillée ; le genre de femme qui lui plaît.

« Elle vient sûrement du Mexique, ou du Brésil, ou de l'Argentine », pensa-t-il.

Il s'exécuta lentement, le temps de réfléchir sur la meilleure façon de l'approcher. Philippe avait parlé de « la profondeur de tes yeux où j'aimerais pénétrer comme on pénètre dans les ténèbres de la nuit des temps, de tes cheveux soyeux qui flottent au vent comme un planeur à la dérive, de ton élégance... » Ses amis s'étaient amusés, la jeune femme aussi qui s'était prêtée de bonne grâce – et avec beaucoup de courtoisie – à ce jeu d'adolescent attardé.

— *Buenas noches, señor*, je m'appelle Manuela.

— Et moi Philippe.

— Felipe.

— Permettez-moi de vous adresser un compliment...

Elle avait souri et baissé les yeux.

— Votre beauté dégage une force et une hardiesse qui vous honorent.

Ils avaient badiné ainsi au grand plaisir des amies de Manuela et des compagnons de Philippe. Après une dizaine de minutes, Philippe avait repris sa place, tout en continuant à échanger avec Manuela des sourires qui en disaient long.

La dernière étape de la veillée d'armes consistait à regarder les règlements du Club, à promettre de se rencontrer à tous les trois ans et à se jurer mutuellement assistance en cas de difficultés. Puis, on passa aux élections. Philippe avait été élu Secrétaire perpétuel de sa promotion. Il serait désormais le lien entre ses compagnons et ceux des promotions antérieures et postérieures, « ad vitam aeternam » !

*\*\**

Philippe arrive à la hâte, rue Peter-McLeod, la tête et le corps encore pleins de parfums et de caresses.

— Son Excellence le secrétaire perpétuel, bienvenue au CIA !

— Qu'a fait Son Excellence cette nuit ?

— Et Manuela ?

Philippe leur avait dit, la veille, que cette femme dégageait non seulement la grâce, mais aussi la sensualité. Son intuition ne l'avait pas trompé. Cette Manuela connaissait les caresses et les jeux amoureux. Pourquoi confier à ses compagnons cette aventure qui n'appartient, après tout, qu'à lui et à elle ?

Il se contente de sourire.

*\*\**

Le groupe d'étudiants turbulents entre dans l'édifice, attendu avec impatience par leur chef instructeur, un ancien militaire qui exige d'eux discipline et ponctualité.

— Votre cours n'est pas encore terminé. Tant que vous êtes sous ma responsabilité, je ne tolérerai aucun écart de conduite même si cette journée couronne trois années d'efforts. Pour-quoi ce retard ?

— C'est notre Secrétaire perpétuel qui donne toutes les explications.

Philippe reste coi. Il accepte d'être leur se-crétaire « perpétuel », mais il ne veut pas servir « perpétuellement » de caution à leurs frasques. Par le passé, à cause de son âge, 30 ans, il leur arrivait fréquemment de se cacher derrière lui pour se protéger des réprimandes de la direc-tion.

Il se dirige à sa place habituelle. L'instructeur militaire continue :

— Au cours des trois dernières années, vous avez étudié les principales disciplines du do-maine de l'aéronautique : l'histoire de l'avia-tion, le fonctionnement des moteurs à pistons et à turbine, le vol, les communications aérien-nes, la navigation visuelle, la météo, les facteurs humains en pilotage comme le stress, la survie en forêt...

Philippe se remémore son expédition de survie. Chaque étudiant, en solitaire, devait pas-ser au moins vingt-quatre heures en forêt, en plein hiver, à une température de vingt degrés centigrades au-dessous de zéro avec un mini-mum d'objets : un sac de couchage, une toile, des gamelles, très peu de nourriture, des allu-mettes et une fusée de secours. Il lui avait fallu trois heures pour enlever deux mètres de neige et construire un abri. Il avait cherché du bois sec et de l'écorce de bouleau pour faire un feu. Puis, il avait exploré les environs à la recherche de pistes de lièvres et de gélinottes pour la nourriture. Il avait apporté une chandelle et un bouquin pour l'aider à passer le temps, *Cent ans de solitude* qu'il avait relu pour la troisième fois. Une expérience qu'il avait beaucoup aimée !

Philippe sort de sa rêverie et regarde son chef instructeur, comme s'il contemplait l'horizon lointain.

— Vous connaissez maintenant tous les secrets du maniement des avions et de l'hélicoptère. Minutieusement, comme une armée qui avance en terrain inconnu, nous avons vu et revu la mécanique des appareils. Vous avez effectué de nombreux vols d'apprentissage. Vous êtes prêts à voler de vos propres ailes.

Sourires. Railleries. On sent beaucoup de fébrilité dans le groupe. Certains rêvent encore à la veillée d'armes. D'autres, plus soucieux, réfléchissent aux manœuvres qu'ils auront à accomplir en présence de leurs parents et amis.

— Votre première mission a lieu aujourd'hui, ici, au CIA. Vous devez démontrer vos connaissances et habiletés acquises. Voici comment nous allons procéder. Nous avons demandé aux invités d'être là pour onze heures précises. Il y aura des discours de circonstance pendant lesquels je vous demande de ne pas dormir.

Après, vous conduirez vos invités au local qui vous a été assigné. Là, vous disposerez d'une heure pour leur présenter un aperçu de vos cours. La semaine dernière, je vous ai demandé de préparer des tableaux de présentation.

On entend tout à coup :

— Ciel penché !

— Je constate qu'il y a encore quelqu'un qui a oublié ses tableaux. Cela ne m'étonne guère, la même situation se produit tous les ans. Quand on va à la guerre, ce n'est pas le temps d'oublier son arme. Si je comprends bien, c'est le cas de votre nouveau Secrétaire perpétuel.

Il avait insisté sur le « secrétaire perpétuel ».

— N'est-ce pas, Philippe ?

— Non. Pas du tout... En fait, oui.

Philippe a effectivement oublié ses tableaux. Se tournant vers Jean-François, il lui demande s'il peut lui prêter sa voiture, le temps de les récupérer. Il veut retourner chez lui pour mettre un peu d'ordre dans son appartement et faire disparaître toutes traces qui pourraient laisser croire au passage d'une autre femme. Nathalie, sa compagne depuis trois ans, arrive aujourd'hui pour assister à la remise des diplômes et au bal. Elle a le nez fin et l'œil vif.

Le chef instructeur militaire poursuit :

— Après votre présentation, il y aura un goûter. Puis, commenceront les vols de démonstration et de courtoisie. Auparavant, n'oubliez pas d'expliquer la construction de l'appareil, son fonctionnement et les éléments assurant sa sécurité. Comparez avec l'automobile. Ils comprendront plus aisément et seront rassurés. La journée se terminera par un dîner dansant à 18 heures. Question ? Non ? Allez maintenant revêtir votre combinaison de vol, révisez votre présentation et soyez prêts à recevoir vos invités dès dix heures trente précises. Repos.

Le chef instructeur prenait souvent ses étudiants pour des pilotes de guerre.

\*\*\*

Philippe a invité ses parents, Nathalie, son oncle Charles et sa tante Isabella.

À l'heure convenue, les étudiants, tels de vrais militaires, sont au poste, fin prêts à accueillir les premiers convives. La journée est magnifique. Le soleil est au rendez-vous, il y a peu de nuages. Le temps idéal pour voler.

\*\*\*

Presque tous les invités sont déjà arrivés. Nathalie a tellement entendu parler d'avions et d'hélicoptères ces dernières années qu'elle sert de guide à ses beaux-parents. Elle désigne tel appareil, parle de ses performances, embrasse

Philippe, montre la tour de contrôle, ré-embrasse Philippe...

La cérémonie est sur le point de commencer quand, soudain, on voit apparaître à l'entrée du CIA une vieille Ford Escort qui s'arrête en faisant un bruit d'enfer. C'est le fou rire général. Les étudiants reconnaissent la bagnole que Philippe emprunte de temps en temps pour faire des courses.

— Hé! les amis, devinez qui vient d'arriver ?
— Oncle Charles et tante Isabella.

Philippe leur a tellement parlé d'eux qu'ils les reconnaissent sur-le-champ.

Tante Isabella sort la première. Une dame ravissante et charmante, dans la quarantaine, parée d'un ensemble chic pour la circonstance. Un pantalon noir, ample aux jambes et moulé à la taille. Une chemise de soie blanche sur une camisole en dentelle. Une fleur à la boutonnière. Un petit sac à main, noir également. Elle sent que tous les regards sont tournés vers elle. Aussi prend-elle soin d'étudier chacun de ses gestes. Philippe leur avait souvent décrit tante Isabella comme une femme raffinée aimant l'opéra et les beaux vêtements.

De l'autre côté de la voiture, apparaît d'abord un chapeau Panama, suivi de son propriétaire. C'est l'oncle, un universitaire – il enseignerait la psychologie organisationnelle – que l'allure ne dément pas. Souliers anglais, jeans élégants, complet sport, chemise et cravate. Style « BCBG British ». Lui n'a rien d'étudié dans ses mouvements. Debout, il salue tout le monde, présente Isabella et son Escort.

Les étudiants applaudissent l'arrivée du couple. La tante rougit devant cet accueil tapageur, alors que l'oncle Charles semble plutôt à l'aise, considérant cette manifestation comme une bienveillante sollicitude de son neveu et du groupe à leur égard.

*** 

Le président du Centre international de l'aéronautique, surnommé « L'hélico » à cause du nœud papillon qu'il porte régulièrement, va au micro et souhaite la bienvenue « aux distingués invités ».

Puis il s'adresse aux étudiants :

— Pendant longtemps, vous vous êtes nourris du rêve de piloter, qui un avion, qui un hélicoptère. Après trois années de dur labeur, votre rêve se matérialise enfin. Aujourd'hui, vous pouvez démontrer votre savoir-faire à vos parents et amis.

Pendant « l'oraison funèbre », Philippe se rappelle comment avait émergé cette idée de devenir pilote d'hélicoptère. Il y a dix ans, il avait quitté le collège, avait pratiqué mille et un métiers à travers le pays, était revenu à Montréal et avait été embauché comme aide dans un centre d'hébergement pour handicapés mentaux.

Un jour, un handicapé lui avait demandé de faire l'avion. Philippe s'était exécuté. Il avait écarté les bras et s'était promené dans la salle en se balançant de gauche à droite comme un avion qui fait des pirouettes dans une foire aérienne. Après l'avion, le handicapé lui avait demandé de faire l'hélicoptère. Philippe l'avait regardé, abasourdi. Comment imiter un hélicoptère ? Il avait utilisé un parapluie en guise de rotor. Il l'avait fait tourner au-dessus de sa tête en criant : « Vroooum ! Vroooum ! Vroooum ! Vroooum ! » Le parapluie s'est accroché au ventilateur. Lui glissant des mains, il alla frapper la lampe qui éclata. La noirceur envahit la pièce. Ce fut la panique parmi les déficients. On déclencha l'alarme et il fallut deux bonnes heures pour calmer tout le monde. Il avait décidé à ce moment de devenir pilote d'hélicoptère. Il faut ajouter aussi que ses nombreux voyages lui avaient donné le goût de l'aventure, de la liberté. Le goût de sortir des sentiers battus.

***

Après les discours officiels, Philippe prie ses invités de le suivre pour une présentation générale de sa formation. Ceux-ci écoutent attentivement ses explications. De temps en temps, l'oncle Charles, pour se faire remarquer – c'est tante Isabella qui insiste là-dessus –, pose question sur question. Une attitude qui ne surprend guère Philippe, habitué à voir son oncle agir de la sorte lorsqu'il a un auditoire devant lui.

Après, le groupe se transporte dans la salle de démonstration. Une trentaine de chaises sont alignées devant un bureau. Tout autour, un simulateur de vol, un tableau de bord, quelques moteurs à turbine, de nombreux instruments aéronautiques. Chacun tâte, essaie, questionne, s'exclame.

Lorsque Philippe leur demande s'ils veulent voir des avions de près, le groupe se précipite à l'extérieur, près du bâtiment principal, sur une piste secondaire où sont alignés des Beechcraft B-19 Sport ou Sundowner C-23, des bimoteurs Beechcraft Baron, des hélicoptères monomoteurs Bell 206 Jet Ranger. Il y a aussi un énorme CL-215 qui sert à combattre les feux de forêt. En moins de temps qu'il n'en faut aux autres invités pour atteindre « le Canadair », comme les Français se plaisent à le nommer, l'oncle Charles est déjà installé aux commandes de l'appareil, s'imaginant pilote de brousse, volant en rase-mottes au-dessus d'un lac, reprenant son envol... Philippe le ramène à l'ordre et lui demande de céder la place à d'autres.

— Il me semble que, dans une autre vie, j'ai déjà conduit ce genre d'appareil, survolant des régions inhospitalières, à la recherche de l'aventure, de l'inconnu. Que la vie était belle ! Mais ça, c'est une autre histoire. Un jour, je te raconterai...

Philippe sourit.

\*\*\*

Quatorze heures. Le temps des vols de démonstration et de courtoisie est arrivé. Pour souligner son élection comme Secrétaire perpétuel du groupe, Philippe aura droit au premier vol. Il amène ses invités près de l'hélicoptère, le Bell 206 Jet Ranger, flamboyant dans ses couleurs jaune, rouge et noir.

Avec patience et minutie, il leur explique la structure de l'appareil. Il commence par le patin du train d'atterrissage, désigne le compartiment à bagages. Pour signifier que l'appareil est sécuritaire, il insiste sur la construction du fuselage en tôles d'aluminium assemblées par rivets à tête noyée.

— C'est quoi une tête noyée ? demande son père.

— ? ? ? ? ? ?

Puis, Philippe se dirige vers la queue de l'appareil. Il montre les lettres d'identification sur la poutre d'empennage, « C-FCIA », les stabilisateurs horizontal et vertical, le feu anticollision et le rotor anticouple, différent du plus gros situé au centre de l'appareil.

— Pourquoi un second rotor anticouple ? s'enquiert l'oncle Charles.

— Un des principaux obstacles que les pionniers de l'hélicoptère ont rencontrés concernait l'effet de couple produit par un rotor en mouvement.

Philippe touche le rotor principal de l'hélicoptère et ses longues pales.

— Ce phénomène, l'effet de couple, s'il n'est pas contrecarré, se traduit par une rotation du fuselage dans le sens opposé à celui vers lequel tourne le rotor en question. Le rotor anticouple empêche le fuselage de tourner en sens inverse, tu piges ?

La mère de Philippe est heureuse parce qu'il est heureux. Elle le regarde se promener autour de l'appareil, le décrivant comme le ferait un chirurgien disséquant le corps humain. Elle a toujours été fière de son fils. Encore plus aujourd'hui, alors qu'il est le centre d'intérêt de cette journée mémorable.

Philippe poursuit la description de l'appareil. Il indique la position du moteur situé derrière le moyeu du rotor principal, un turbomoteur Allison 250-C20J.

— Ce moteur ne pèse que 72 kilos, et pourtant, sa puissance est de 400 chevaux.

— Comme mon Escort, ironise l'oncle.

Se déplaçant vers l'avant, Philippe explique la raison d'être de l'antenne VHF, de la sonde de température et de l'antenne du transpondeur, et leur demande de prendre place à l'intérieur.

En montant à bord, ils sont frappés par la fragilité apparente de l'appareil, surtout des portes. À l'intérieur, Philippe continue à donner de nombreuses explications sur les éléments du tableau de bord et sur les premiers mouvements de l'appareil.

— Vous allez rapidement en faire l'expérience, l'hélico est très différent de l'avion. C'est un appareil polyvalent qui peut se poser n'importe où. Avec des effets pervers comme l'instabilité. Il faut faire confiance à la machine et avoir du jugement. Cet appareil me procure plus de sensations que l'avion. Voilà ce qui me passionne !

Philippe demande à ses invités d'attacher leur ceinture et, après avoir communiqué avec la tour de contrôle, procède aux opérations de décollage.

\*\*\*

Les voyageurs sont fascinés par le bruit dégagé par la turbine et le rotor principal. Encore plus quand l'appareil commence à s'élever. Ils ont l'impression d'être suspendus par un câble à une grue. Philippe accentue cette impression en maintenant l'hélico immobile, quelques mètres au-dessus du sol.

Ensuite, l'appareil s'élève rapidement à la verticale et se met aussitôt à avancer en prenant de l'altitude.

Philippe a une surprise pour son père et l'oncle Charles. Il veut leur montrer le fameux canyon de la rivière Sainte-Marguerite où ils sont déjà allés taquiner la truite.

L'hélicoptère se dirige vers le sud, survole la ville et bifurque vers l'est en direction du massif des monts Valin. Les passagers aperçoivent les hauts pics et, à leurs pieds, une longue rivière avec, de chaque côté, de grandes tourbières parsemées çà et là de vastes aulnaies. Le plus souvent, la rivière adopte un cours lent et forme de nombreux méandres. Parfois, elle dévale les montagnes, saute sur les roches, tumultueuse et imprévisible.

Un peu plus à l'est, l'hélicoptère longe le Bras-de-l'Enfer, une autre rivière, celle-là très étroite, toute en rapides et en cascades. Elle coule dans un petit canyon dont les parois s'élèvent jusqu'à cinquante mètres.

L'hélicoptère arrive finalement au-dessus de la rivière Sainte-Marguerite. Philippe fait signe aux passagers d'ajuster leur casque d'écoute.

— Voici la partie de la rivière où des milliers de saumons viennent frayer chaque année.

— C'est ici que j'ai attrapé mon premier saumon, s'exclame l'oncle Charles. Il était tellement gros ! Mais ça, c'est une autre histoire. Un jour, je te raconterai...

L'hélicoptère fait du surplace au-dessus d'une chute haute de quinze mètres, « un obstacle que les saumons ne peuvent franchir », raconte le pilote.

Brusquement, la rivière vire à quatre-vingt-dix degrés vers le nord, formant un coude spectaculaire.

— Nous sommes au début de l'extraordinaire canyon. Remarquez sa longueur, deux kilomètres et demi. Comme vous pouvez le voir, le cours de la rivière est parsemé de plusieurs rapides, de cascades et de chutes spectaculaires. On appelle canyon cette partie de la rivière parce que, de chaque côté, il y a des parois hautes de plus de cent mètres. Il paraît qu'en hiver des chutes de glace latérales s'y forment et peuvent atteindre jusqu'à soixante mètres de hauteur.

Philippe diminue la vitesse ; l'appareil perd un peu d'altitude afin de permettre à ses occupants d'admirer ce coin sauvage. Ils n'ont jamais vu rien d'aussi beau, d'aussi près. Une rivière indomptable qui dévale une pente raide. Des arbres, des rochers, pleins de mousse d'un vert éclatant.

Tante Isabella, qui aime la pêche à la mouche, demande à son mari pourquoi elle n'avait pas encore été invitée dans ce coin de paradis.

— Regarde le panneau en bas. C'est écrit : *Hommes seulement.*

— Espèce de macho !

Tout le monde rit.

Chacun en profite pour commenter ce grandiose paysage multiforme.

— Regardez là-bas.

— Quel beau pays...

— Avez-vous remarqué les couleurs ?

— Il paraît que l'orignal vient dans ce canyon pour se mettre à l'abri des sportifs, pendant la période de la chasse.

— Peut-être qu'on va en apercevoir un.

Tout à coup, l'oncle Charles dit à son neveu :

— Regarde, il y a une lueur là-bas, près de la grosse roche, sur le côté gauche de la rivière, là où il y a une petite chute. Quelque chose brille. Peux-tu descendre un peu pour qu'on puisse mieux voir ?

— Je ne peux pas. Ce serait trop dangereux.

— On dirait la queue d'un avion.

— L'endroit est trop étroit pour que ce soit un avion, tranche le neveu.

— Il se peut que ce soit une canette, ou un morceau de métal quelconque, ou une bouteille, ou les restes d'une embarcation. Moi, je continue à penser que c'est la queue d'un avion.

Et, regardant son épouse et sa belle-sœur, il ajoute :

— À moins que ce ne soit un hélicoptère.

La petite phrase produit son effet. Un frisson parcourt le corps des deux femmes.

— Ce n'est pas le temps de les effrayer,

oncle Charles, et puis, tu as l'imagination trop fertile.

L'hélicoptère survole le plateau qui mène au grand lac Jalobert, un des lacs les plus poissonneux du Québec. L'endroit de pêche préféré de l'oncle Charles et de son père pendant de nombreuses années.

L'hélicoptère tourne brusquement à gauche, penche au point de faire réagir rapidement la mère de Philippe :

— Oh là là ! Je comprends maintenant le sens de ton expression préférée « ciel penché ».

Après avoir survolé les majestueux pics des monts Valin, le retour à la base est amorcé.

Finalement, c'est sur une envolée de voyages de pêche miraculeuse racontés par les deux beaux-frères que l'hélicoptère se pose tout près du bâtiment de l'aéroport où d'autres invités attendent leur tour.

Philippe demande à ses parents de se joindre au groupe de professeurs et de trinquer à leur santé.

Avant le bal, toute la famille profite d'un moment de répit pour se reposer à l'appartement de Philippe.

Pendant que les hommes discutent fermement sur la prétendue queue d'avion, Nathalie fait le tour de l'appartement. Elle a l'air soucieuse. Il y a, dans cette pièce, un parfum qu'elle ne parvient pas à identifier.

« Et ce n'est pas le mien... »

La voilà assaillie par le doute. Qu'elle dissimule aussitôt, car le moment n'est pas approprié pour déclencher une discussion.

Tout en marchant, elle lance :

— En arrivant à l'appart, ce midi, il y avait une carte accrochée au cadre de la porte.

Elle tend la carte à Philippe qui la regarde, sans grand intérêt. Sur la carte, il y a sept bâtons à la verticale, chacun dominant une flamme à l'arrière-plan. Au-dessus des bâtons, un astre, probablement le soleil. Les bâtons sont situés dans un paysage tout vert qui baigne lui aussi dans les flammes. Le ciel est bleu et vert, parsemé de nuages menaçants. À l'endos, une dizaine de scènes, toutes plus ou moins mystiques.

— Sûrement quelqu'un qui a voulu me jouer un tour.

Comme personne ne semble attacher plus d'importance qu'il ne faut à cet incident, Nathalie estime que le moment est venu de remettre à son homme un souvenir de graduation.

Il est de notoriété que les aviateurs aiment porter la casquette aux couleurs de la compagnie pour laquelle ils travaillent. Nathalie déteste ce modèle.

Elle s'était entendue avec l'oncle Charles et Isabella pour lui offrir deux casquettes en cadeau : une pour le quotidien, l'autre pour les grandes occasions.

Elle lui donne la première, une casquette *Paris Texas* de Chlorophylle.

— Ce sera mon porte-bonheur, précise-t-elle.

Et elle ajoute, avec une pointe d'ironie :

— À moins que tu ne me laisses pour une autre femme. Alors, fini le porte-bonheur. La malchance s'acharnera sur toi.

— Impossible, lui jure son amant. Car, avec cette casquette, tu seras toujours avec moi, sur ma tête, à m'accompagner partout.

Philippe n'a pas l'intention de lui avouer sa courte aventure de la veille.

« Une aventure sans lendemain, sans importance, s'est-il dit, une aventure qui m'a fait comprendre à quel point je l'aime. »

L'oncle Charles continue :

— Isabella et moi t'offrons une deuxième casquette, moins profonde et de couleur différente. C'est celle que je porte pour faire du vélo dans les grandes capitales du monde. Un jour, à Puerto Vallarta, au Mexique, alors que je dévalais une longue pente à une vitesse vertigineuse... Ça, c'est une autre histoire. Un jour, je te raconterai...

Puis, ce fut au tour des parents de Philippe de lui faire don d'un très beau sac de voyage en cuir. « Un baise-en-ville », prend soin de souligner son père.

***

À 18 heures, le groupe se rend au Centre des Congrès pour le dîner et le Bal des Finissants. Philippe est débordant d'enthousiasme. Il est entouré des gens qu'il aime, ses parents et surtout Nathalie avec qui il a déjà évoqué la possibilité d'aller travailler dans de lointains pays, elle comme infirmière, lui comme pilote de brousse.

Entre le dîner et le bal, c'est la traditionnelle séance de photographie. Pour la circonstance, Philippe revêt sa combinaison de vol et chaque femme du groupe se fait photographier, à tour de rôle, assise sur ses genoux. Il en est de même pour son ami Jean-François, qui, profitant de la présence de Philippe à ses côtés, lui glisse mystérieusement à l'oreille, en regardant Nathalie :

— J'espère que tu joues la bonne carte, mon ami.

Philippe ne saisit pas l'allusion. Jean-François continue en lançant cette phrase laconique :

— J'ai une belle surprise pour toi.

***

Dès que l'orchestre entame ses premières notes de musique, Philippe invite sa mère à danser la valse. Sur la piste de danse, il aperçoit « la surprise » de Jean-François : une grande femme au teint foncé du nom de Manuela qui s'approche lentement du jeune homme et le salue avec un sourire émaillé de sous-entendus qui n'échappent pas à la perspicacité de sa mère.

Cette rencontre inattendue n'échappe pas non plus à Nathalie qui, intriguée, observe cette scène qui n'a rien d'improvisé.

# Chapitre 2

Il y a plus d'une semaine maintenant que la remise des diplômes a eu lieu. Nathalie est retournée à Montréal après avoir passé quelques jours avec Philippe. Des journées à s'embrasser, à faire l'amour, à se quereller, à se déchirer, à s'aimer de nouveau. Des journées d'amoureux, quoi !

Au cours de cette semaine, Philippe en a profité pour expédier son curriculum vitae à plusieurs compagnies d'aviation. Sans se faire d'illusions sur les postes disponibles, il a quand même bon espoir de dénicher rapidement un emploi. En dépit de la situation économique difficile, du taux de chômage élevé chez les jeunes et de l'absence de grands projets nécessitant l'utilisation d'hélicoptères.

« À vingt ans, se dit-il, j'ai quitté le collège pour rouler ma bosse un peu partout au pays. À vingt-trois ans, je suis devenu animateur dans un centre pour handicapés mentaux. J'ai abandonné cet emploi quelques années plus tard pour retourner aux études. À trente ans, pourquoi l'avenir me ferait-il peur ? Si je ne peux pas travailler dans mon pays, j'irai comme coopé-

rant dans un pays en voie de développement.
J'en ai parlé à Nathalie qui a démontré beaucoup d'intérêt pour ce projet. Même l'oncle Charles m'a encouragé. »

Philippe s'imagine aux commandes d'un hélicoptère dans un pays étranger, transportant des blessés à l'hôpital ou des vivres dans des régions éloignées où sévit la famine. Et, en prime, du soleil l'année durant !

Il ne voit que le côté rose bonbon de l'aventure. Le dépaysement, les maladies, l'instabilité politique, l'inconfort sont des concepts vides de sens à cet instant précis. Pour l'envers de la médaille, il faudra repasser !

« Je choisirai un pays où il fait toujours chaud », s'est-il écrié en lui-même, voyant, dans son rêve, une opportunité de passer tous ses hivers sous les Tropiques. À bien y penser, y a-t-il des hélicoptères dans ces pays ? S'il n'y en a pas, j'offrirai alors mes services comme pilote de brousse. Cela vaut mieux que de rester à ne rien faire. Après tout, piloter un hélico ou un avion de brousse dans un pays exotique, l'aventure demeure la même. »

En pensant au mot « brousse », Philippe voit défiler, dans sa tête, de magnifiques forêts vierges, parsemées de clairières où des animaux sauvages s'affolent au bruit de l'hélicoptère. Puis, il s'imagine survolant d'immenses chutes, des chutes majestueuses, et, au pied de ces chutes, il voit apparaître la queue d'un avion écrasé. Le voilà qu'il pense à l'oncle Charles et à son imagination débridée.

« Quel avion ? Cet avion n'existe que dans sa tête. »

Et si l'oncle Charles avait raison ? Philippe est tourmenté par le doute.

« Ça doit être mon ascendant Balance ! »

N'empêche ! N'a-t-il pas rapidement mis cette idée de côté qu'elle revient au galop.

« Et cet oncle, pourquoi me poursuit-il avec ses idées extravagantes ? Il sème la graine et disparaît. Puis il revient avec une autre machination, ne sachant pas où arrêter son imagination. Moi... Moi, je tombe dans son piège à tout coup. D'abord, je résiste en lui disant que c'est farfelu, insensé. Quelques jours plus tard, je trouve que l'idée peut être réaliste et c'est ainsi que je me laisse attraper à chaque fois. Après tout, n'est-il pas vrai que l'idée précède toujours la réalité ? Il avait raison celui qui, un jour, a surnommé l'imagination, la folle du logis. »

\*\*\*

Cette idée de l'avion au fond du ravin le hante au point où il ne peut s'empêcher de téléphoner à l'oncle Charles :

— Te souviens-tu de cette blague que tu as lancée à la légère lors de notre tour d'hélicop-tère, la semaine dernière ?

— Non.

— Tu ne te rappelles pas avoir suggéré qu'un avion s'était écrasé au fond du canyon de la rivière Sainte-Marguerite ?

— Si, ça me revient maintenant. Je n'avançais alors qu'une hypothèse mélangée, disons, d'un peu d'imagination. Les scientifiques affirment souvent que toute hypothèse se doit d'être confirmée. C'est élémentaire, mon cher Philippe.

— Oui, oui, je sais. Cette idée d'avion me trotte dans la tête. Comme tu connais cet endroit, peux-tu me dire si le canyon est facilement accessible ?

— Il l'est, mais en passant par la montagne, au nord. C'est par là que ton père et moi allions pêcher. Au sud, les parois sont trop lisses.

— J'ai déjà suivi un cours d'escalade au collège, dit Philippe. Crois-tu que c'est possible de descendre au fond du canyon ?

— Si tu as déjà vaincu l'Everest, tu peux essayer, mon neveu.

— Sois sérieux. Quelle est la profondeur du canyon ?

— À cet endroit, je dirais... environ cent mètres.

— Bien, bien. Je pense qu'à cette hauteur, il n'y aura pas de problème.

— Je me souviens qu'il y a plusieurs années, j'avais été invité au Maroc à donner un séminaire sur la communication institutionnelle. J'avais profité du week-end pour me détendre.

Pourquoi ne pas escalader les monts Atlas ? me suis-je dit. On était en hiver. Il y avait même des gens qui skiaient dans cette partie montagneuse. Je n'avais pas encore commencé à escalader les dix premiers mètres qu'il se produisit alors une avalanche d'une telle ampleur ! Mais ça, c'est une autre histoire. Un jour, je te raconterai...

— Je tente ma chance demain. Peux-tu me prêter ta bagnole ?

— À tes risques et périls.

***

Philippe est tout excité. Il a l'impression de commencer une grande aventure. Une aventure qui arrive à point. Il a l'impression que, ces derniers mois, il n'a pas fait autre chose que d'étudier... Étudier... Et... étudier !

« Passer la journée en forêt va me faire du bien. Comme disent les gens de cette région : ça change le mal de place ! » Et il se met à sourire.

« Cette expression voudrait-elle dire qu'ils traînent leur mal avec eux, tout le temps ? Étrange royaume ! »

Philippe éprouve soudainement le désir de partager son excitation.

« Pourquoi pas avec Manuela ? Je pourrai en même temps vérifier ce qui s'est passé avec Jean-François. »

***

Quand il arrive à l'appartement, Manuela est en train de lire un livre d'Anaïs Nin, un verre de vin rouge à la main. Elle est vêtue d'un grand chandail blanc, de leggings, et porte une paire de bas de laine. Cette tenue, surtout les bas, fait sourire Philippe. Il va s'asseoir sur le grand divan.

— Je me prépare à faire de l'escalade.

Voyant la jeune fille froncer les sourcils, il s'empresse de préciser sa pensée.

— J'aime les défis. D'autant plus que la montagne en question est sauvage et d'une beauté redoutable. Comme toi !

Manuela n'a pas vu venir le compliment. Elle sourit, dépose son livre et son verre de vin, et va s'asseoir sur le plancher, face à Philippe, en prenant la position du yogi. Elle défait ses cheveux noirs qui tombent sur ses épaules et ramène son chandail sur ses genoux repliés. Philippe voit poindre légèrement ses seins, deux beaux petits boutons qu'il a envie de mordre. Il sent le désir monter en lui. Il résiste et continue son histoire.

— J'ai un oncle qui a l'imagination fertile, si tu vois ce que je veux dire.

Philippe lui raconte le tour d'hélicoptère et la blague de son oncle à propos de la lueur qui brillait au fond du ravin.

— Tu aurais dû voir la tête de ma mère et de ma tante !

Il s'amuse à décrire sadiquement leurs visages complètement livides et défaits. Comme cette description ne semble pas plaire outre mesure à Manuela, il prend un ton plus sérieux :

— La lueur, selon oncle Charles, serait la queue d'un avion. Cette idée me trotte dans la tête depuis plusieurs jours, je veux en avoir le cœur net. Je veux voir.

— *Excitante.* J'aimerais t'accompagner, si cela ne te dérange pas trop. T'accompagner jusqu'au bord du canyon. Je t'attendrai sur la falaise. Je n'ai jamais fait d'escalade et je n'ai pas l'intention de me casser le cou.

Philippe, qui n'avait pas pensé l'inviter, trouve la suggestion à propos.

— Je te préviens qu'en cette période de l'année, il y a beaucoup de moustiques. Tu risques de faire abîmer ta jolie peau.

Manuela reçoit ce deuxième compliment comme un direct au cœur qui la fait dangereusement tanguer.

Elle rougit, le regarde avec tendresse, lui sourit et dit :

— *Bésame, Felipe,* j'ai envie de toi.

Sa tête est encore pleine d'histoires érotiques de celle qui aimait partager ses fantasmes les plus fous avec Henry Miller.

Philippe se laisse glisser sur le tapis, la couche sur le dos et dépose ici et là quelques baisers hésitants. Puis, ses lèvres s'attardent plus longuement, savourant avec avidité, tantôt son cou ou son oreille, tantôt sa bouche qui a le goût du vin rouge. Leurs langues se cherchent, s'entremêlent, se démêlent et se nouent de nouveau. Ils parviennent difficilement à échanger quelques mots, tant la respiration est haletante.

Manuela enlève le pantalon du jeune homme. Ses gestes sont lents, gracieux. Elle saisit l'objet de son désir, l'embrasse délicatement comme s'il s'agissait d'une pierre précieuse. Sa langue glisse sur toute sa longueur, remonte, fait les cent pas. À chaque aller-retour, elle défie l'ardeur de Philippe qui ne veut pas baisser la garde tout de suite.

Elle enlève son chandail, ses leggings et sa petite culotte, mais pas ses bas de laine. La voir ainsi excite Philippe.

Il l'embrasse fougueusement, laisse promener sa langue sur une oreille, sur le cou, sur les seins si petits et si pointus. Toujours avec sa langue, il fait le tour de chaque bouton, recommence. Encore et encore. Il s'arrête un peu, les reprend, les croque légèrement. Il sait que Manuela est sensible à ces caresses.

Elle lui demande de continuer pendant qu'elle promène sa main sur son dos et ses fesses.

Il dépose mille baisers sur son ventre lisse. Il s'arrête au nombril, l'explore finement. Il pense aux parois lisses du canyon et cela le fait sourire. Il s'approche du pubis, folâtre parmi les nombreux poils noirs. Il imagine sa langue naviguant à travers les grands arbres de la forêt amazonienne, sa langue qui explore maintenant le canyon de Manuela. Elle aime cela et le lui dit sans fausse pudeur. Philippe redouble d'ardeur, part à la recherche de l'Olympe, redescend le canyon, pénètre au fond du ravin, escalade les parois...

Manuela n'en peut plus. Elle lui demande de pénétrer en elle. Philippe s'attaque à cette tâche – Oh ! quelle belle tâche ! – avec doigté. Il va, il vient. Manuela le fait rouler lentement sur le côté, puis quand il est sur le dos, elle s'installe sur lui, provoquant une autre fois son ardeur. Elle sautille, se caresse pour mieux jouir, embrasse Philippe qui, finalement, se rend. Exténués, ils se laissent tomber sur le dos, silencieux.

C'est Manuela qui brise le silence.

— Tu ne me demandes pas pourquoi j'accompagnais Jean-François au bal ?

— J'avais l'intention de le faire.

— C'est toi que je voulais à travers Jean-François. Cette journée-là, j'ai appris que ton ami...

— ... Je ne suis plus certain qu'il est encore mon ami !

— ... Que ton ami serait seul. Alors, je lui ai proposé de l'accompagner.

Philippe se fait tout à coup cinglant, comme si les moments qu'ils venaient de vivre ensemble n'avaient jamais existé.

— Est-ce une habitude chez toi de t'inviter à une soirée ?

— Est-ce une habitude chez toi d'insulter la femme avec laquelle tu viens de baiser ? répond-elle du tac au tac.

— Excuse-moi ! Je n'ai tout simplement pas aimé te voir avec mon ami après la nuit que nous avions passée ensemble.

— Je comprends.

— Jean-François a-t-il accepté ta proposition immédiatement ?

— Sur-le-champ.

— Je l'ai toujours trouvé quelque peu profiteur.

— Je crois que c'est plutôt moi qui ai profité de la situation.

Philippe dépose un baiser sur son nez perlant de sueur, comme pour la remercier de sa franchise.

Après quelques instants de silence, Manuela demande à Philippe :

— Es-tu toujours avec Nathalie ?

Il acquiesce.

— *Porque* alors, toi et moi... ?

— C'est différent. J'ai beaucoup de tendresse pour toi. J'aime faire l'amour avec toi et je te connais à peine. Tandis que Nathalie, je la connais depuis toujours. Je ne veux pas t'opposer à elle. Je dirais que vous êtes complémentaires. C'est l'expression que je trouve la plus appropriée, dans les circonstances. J'espère ne pas manquer ainsi de délicatesse. Cette situation est paradoxale, j'en conviens. Tu l'acceptes ou c'est fini entre nous.

Manuela refuse d'être placée devant ce dilemme.

— Crois-tu que je puisse devenir amoureuse de toi ?

— Je ne sais pas. Je crois que je te plais... Amoureuse de moi ? Je ne peux pas prédire l'avenir, ni dicter tes sentiments.

Philippe n'a pas du tout l'intention de scruter plus à fond ce terrain qu'il a toujours cru miné d'avance. Il aime mieux être aux commandes de son hélicoptère que d'explorer les sentiments amoureux. Cette situation le met dans l'embarras, le déséquilibre.

Quant à Manuela, elle réfléchit.

Tout à coup, elle demande, la mine sérieuse :

— Nathalie est au courant de notre aventure ?

— Non, mais elle s'en doute. Elle t'a remarquée au bal. Elle t'a vue me regarder et a tout de suite compris qu'il y avait quelque chose entre nous. Nous nous sommes querellés à ton sujet. N'aie pas peur, je n'ai rien avoué ; c'est un secret que je garde pour moi.

— *Muy bien.* C'est aussi un secret qui fait partie de mon jardin intérieur, un jardin où il n'y a de la place que pour toi.

— Et pour Jean-François ? ajoute aussitôt Philippe.

— Que pour toi.

— Tout à l'heure, quand je te caressais, j'avais l'impression d'explorer le canyon de la rivière Sainte-Marguerite et cela me faisait sourire. Eh bien ! demain, nous allons à ce fameux canyon. Je passe te prendre très tôt, à cinq heures.

Avant de sortir, il s'arrête et lui demande de but en blanc :

— À la journée de remise des diplômes, quand tu as quitté l'appart, est-ce toi qui as accroché une carte à la porte, une carte avec des bâtons dessus ?

— Une carte ? Non, pourquoi ?

— Pour rien. Laisse faire. À demain.

\*\*\*

En quittant l'appartement de Manuela, Philippe saute sur sa bicyclette et, trente minutes plus tard, a en main les clés du « plus beau char en ville ».

Il se dirige vers la boutique de sport l'Aventurier pour louer le matériel de base pour l'escalade : un casque, une corde d'au moins cinquante mètres, un harnais, des chaussons d'escalade, des mousquetons et un descendeur.

Il achète un peu de nourriture et retourne à son appart.

Il inspecte soigneusement l'équipement, prépare des sandwiches, met un bouquin, de la lotion anti-moustiques et un petit appareil-photo dans son sac à dos. Le voilà prêt pour l'expédition.

***

Cinq heures. La voiture file à toute allure à travers la ville, cette ville où Philippe adore se promener. Durant les trois années qu'il a étudié au CIA, il l'a marchée de long en large, dans tous les sens. Il connaît tous ses recoins.

En empruntant le pont, il jette un coup d'œil sur la rivière, calme comme un miroir. Il savoure cette tranquillité matinale. Quant à Manuela, elle a fermé les yeux depuis un bon moment, à la recherche du sommeil perdu.

« Décidément, cinq heures, c'est trop tôt. »

Les majestueux monts Valin se dressent devant, hauts et fiers, omniprésents dans le panorama.

— Sais-tu comment on les surnomme, les monts Valin ?

Philippe entend comme un grognement en guise de réponse.

— Les yeux d'un royaume. C'est joli comme expression, n'est-ce pas ? Ils recèlent, paraît-il, de nombreux mystères et ne confient leurs secrets qu'à ceux qui les apprivoisent. Ils seraient animés par des phénomènes inexplicables. On va même jusqu'à affirmer y avoir rencontré des momies, des fantômes, voire Dracula ! C'est l'oncle Charles qui m'a raconté tout cela. Quelle imagination !

***

À la sortie du pont, Philippe s'engage sur la route régionale qui longe le fjord, vers l'est.

Vingt kilomètres plus loin, il bifurque à gauche et emprunte un chemin forestier. Il s'arrête à la barrière pour s'enregistrer.

Au gardien qui lui demande la raison de son voyage, Philippe déclare qu'il va faire de l'alpinisme. Il évite bien sûr de révéler l'endroit exact de sa destination. Il considère que cette aventure lui appartient et veut en garder le secret.

À peine a-t-il repris la route qu'il est obligé de diminuer la vitesse, car le chemin est difficilement carrossable. Il craint de voir la vieille guimbarde de l'oncle rendre l'âme.

Manuela bougonne de temps en temps, pestant contre des chemins aussi mal entretenus.

La voiture gravit lentement et péniblement les hautes montagnes. Les pentes sont très abruptes et rocheuses, longues de plusieurs kilomètres. Arrivés sur le plateau, ils continuent jusqu'à un petit lac sauvage situé non loin de « sa » vallée mystérieuse.

— Voilà, nous sommes rendus.

Il n'y a qu'un seul chalet aux alentours et il est inhabité pour l'instant. Philippe range la voiture près du bâtiment et inspecte soigneusement les lieux.

Il remarque la présence d'un sentier qui part

du chalet. Il consulte une carte topographique pour trouver sa destination. D'après les indications, il conduit directement à la vallée. La distance à parcourir ne serait que d'un kilomètre.

Il va au coffre de la voiture pour récupérer son équipement d'escalade et, en refermant la porte, il remarque une petite carte sur le plancher, une carte qui ressemble étrangement à celle qu'on a accrochée à la porte de son appart.

Il la ramasse et l'examine plus attentivement cette fois-ci. La carte est semblable à la première, sauf qu'elle ne contient que quatre bâtons.

— C'est curieux, une autre carte, dit-il, en la montrant à Manuela.

Ils s'échangent la carte, la manipulent sous tous ses angles, ne sachant quoi penser.

En femme pratique, mais qui aime aussi le mystère, Manuela suggère :

— Il y a *una cartomántica*, *perdóneme*, je ne connais pas le mot français...

— Cartomancienne, j'imagine.

— Donc une cartomancienne qui demeure dans mon quartier. Si cela t'intéresse, nous irons la voir au retour de notre expédition.

— Je n'ai rien à perdre. Mais tout de même ! C'est étonnant.

Sac au dos, songeurs, ils empruntent le sentier et arrivent près d'un ravin au bout d'une demi-heure.

— La voilà, cette vallée mystérieuse.

*** 

Ils n'ont jamais contemplé un paysage aussi sauvage, aussi grandiose, aussi inaccessible. Philippe avait déjà vu des photographies du Zion Canyon et du Bryce Canyon. Des canyons aux couleurs rouge, vert, orange. Celui qui est à ses pieds n'est pas aussi flamboyant que ses cousins américains. Son allure plutôt sombre est une invitation au mystère.

Manuela est émerveillée. Malgré la marche en forêt, malgré les moustiques, elle est séduite par cette immense crevasse où coule, tout au fond, une rivière tumultueuse.

« À l'image de nos relations amoureuses ! » Voilà la réflexion qui lui vient à l'esprit.

En y regardant de plus près, Philippe est capable d'identifier la morphologie des lieux telle qu'il l'avait vue du haut de son hélicoptère. La vallée est très étroite. Au fond, la rivière Sainte-Marguerite coule tantôt en torrents, tantôt en chutes de plusieurs mètres.

Cet aménagement naturel crée des conditions ambiantes très humides propices à la croissance des plantes et des arbres.

Les deux côtés de la rivière sont surtout peuplés de conifères, de sapins baumiers et d'épinettes noires. Ici et là, du bouleau et du pin gris. Quelques peuplements de cèdres blancs sont accrochés aux flancs de la montagne.

Tout à coup, Philippe se tourne vers Manuela et met son index sur la bouche :

— Chut ! dit-il à voix basse tout en lui montrant un orignal qui monte la rivière.

— *Precioso !*

***

Pendant qu'ils se parfument avec une lotion à base de citronnelle pour se protéger des millions de moustiques, Philippe scrute les lieux attentivement. Il repère un endroit qui lui semble plus accessible. C'est par là qu'il descendra. Il analyse la paroi rocheuse ; elle ne présente aucun angle, peu de fissures. Il établit avec Manuela les principales stratégies pour l'escalade :

— Aussitôt que j'arrive en bas, je te fais signe. Tu remontes alors la corde, tu y attaches mon sac à dos et tu le laisses descendre. Enfin, tu m'envoies un baiser.

— Compris, *capitán !*

Comme la falaise n'est pas tellement haute à cet endroit, Philippe attache solidement la corde à un gros cèdre. Puis, utilisant la technique du rappel, il passe la corde dans le descendeur en « 8 ». Durant la descente, sa main droite laisse filer la corde pendant que la gauche la maintient au-dessus du harnais.

Il arrive rapidement en bas, presque sur le bord de la rivière qui est plutôt un torrent à cette époque de l'année où la neige des cimes continue à fondre. Il fait signe à Manuela qui lui envoie son sac à dos.

Il y a beaucoup d'arbustes de chaque côté du torrent.

Au loin, il voit le cervidé s'éloigner lentement. Grâce à ses longues pattes, il peut enjamber avec une facilité déconcertante les nombreuses difficultés que recèle ce terrain rocailleux et aussi glissant qu'une pelure de banane.

Philippe examine le canyon de part et d'autre. À quelque cent mètres plus au nord, sur sa gauche, il repère le gros rocher noir et gris, où, du haut des airs, il avait aperçu un reflet qu'oncle Charles avait associé à la queue d'un avion. Il marche délicatement le long du torrent, posant soigneusement ses pieds sur les rochers savonneux, en grande partie recouverts de mousse verte.

Arrivé à destination, il ne voit rien d'insolite. Il décide alors de contourner le rocher. C'est en passant de l'autre bord que son pied glisse entre une roche et une plaque de métal travaillée par le temps et l'humidité.

— Se pourrait-il que ce soit... ?

Son cœur se met à s'emballer.

# Chapitre 3

Philippe contourne la plaque de métal et essaie, de peine et de misère, d'enlever les arbustes et la mousse qui la recouvrent.

Pas d'erreur ! Ce qu'il voit sur le côté, ce sont des lettres d'identification, hélas ! illisibles. C'est quand même un morceau d'avion !

— Incroyable ! s'entend-il marmonner.

Son cœur bat de plus en plus fort. Les mots lui manquent pour exprimer ce qu'il voit. Il aurait aimé que Manuela soit là, tout près, ne serait-ce que pour lui prouver que ce morceau fait bel et bien partie d'un aéronef. Affolé, heureux, nerveux, il pense à l'oncle Charles. « Est-il un visionnaire ? Un fou ? Ou... ? Qu'importe! Le résultat est là. »

Il continue son travail de décapage. Par bonheur, la mousse, qui a tout près de cinquante centimètres d'épaisseur, s'enlève assez facilement. À mesure que l'opération dégraissage progresse, le métal commence à ressembler à une aile d'avion, intacte à première vue.

Il lui faut travailler centimètre par centimètre pour arracher les centaines de racines entrecroisées. Toutefois, la tâche se complique de plus en plus. Les racines forment maintenant un tapis tressé très touffu qui l'empêche de poursuivre.

Il prend donc la décision de retourner chez lui pour aller chercher une petite pelle, une hache et une scie afin de pouvoir continuer ses recherches.

Avant de partir, il regarde attentivement la partie de l'aile dégagée. Ce fragment provient d'un modèle tout à fait inconnu.

« Sûrement pas un modèle récent. Ça ressemble vaguement à ce que j'ai pu voir dans des volumes d'histoire de l'aviation. »

Il recouvre soigneusement la partie découverte, ramasse son sac et s'en va rejoindre Manuela.

— Et puis, ton trésor ? Un hélico ? Un bombardier écrasé lors de la dernière guerre ou une canette de *cerveza* ?

Manuela dit tout cela en faisant de grands signes avec ses mains. Elle pourchasse aveuglément les milliers de moustiques qui l'assaillent de toutes parts.

— Il y a au moins une chose dont je suis sûr. Il y a une queue d'avion au fond de cette crevasse. Je dois revenir avec des outils pour la dégager. Regarde le gros rocher, là-bas, sur ta gauche. Que vois-tu ?

— *Nada*. Rien.

— Parfait. C'est ce que je voulais. Camoufler la queue de l'avion.

***

Cet après-midi-là, Manuela amène Philippe chez la cartomancienne.

— Beaucoup de ragots circulent à propos de madame Germaine. Elle aurait étudié en psychologie et jouirait d'une grande crédibilité auprès des étudiants universitaires. Il y aurait même des infirmières et des travailleuses sociales qui la consulteraient. Assez pour payer ses études. Dans le milieu, on l'appelle madame PMD.

À sa première visite, Philippe est accueilli par un énorme chat noir couché au beau milieu de la pièce d'entrée.

Madame Germaine, fort corpulente de son état, les invite à passer à la cuisine. Au centre de la pièce, une table. Autour de la table, deux chaises.

— Je n'accepte qu'une seule personne à la fois dans mes consultations. Vous, madame, vous restez avec moi. Quant à vous, jeune homme, vous attendez dans l'autre pièce. Une troisième personne risque de brouiller les ondes. Cette perturbation est néfaste pour la connaissance de votre avenir.

Manuela réplique aussitôt :

— Je vous présente mon ami, Felipe. Il ne vient pas ici pour connaître son avenir ; il cherche la signification de deux cartes tombées entre ses mains, par hasard, ces derniers jours.

— Ah ! C'est différent. Puis-je voir ces cartes ?

Philippe sort les deux cartes de sa poche.

— Ce sont des cartes de tarot.

— Tarot ?

— C'est le plus vieux jeu de cartes encore utilisé. Il sert à jouer aux cartes et à prédire l'avenir. D'après moi, quelqu'un veut vous jeter un sort. Oh ! mon Dieu ! Quel avenir vous attend !

— Je ne suis pas venu ici pour me faire raconter des sornettes. Que signifient ces cartes ?

Philippe échange un regard incrédule avec Manuela qui en profite pour dévier la conversation.

— Vieux jeu de cartes, avez-vous dit ?

— Il aurait été importé d'Italie au quatorzième siècle par des gitans ou des croisés. Plusieurs légendes disent que le tarot serait basé sur l'alphabet hébreu ou encore sur les mythologies égyptiennes ou hindoues.

— Wouach !

— Voulez-vous en savoir plus ?

Philippe hésite entre l'impression de perdre son temps et le besoin d'en connaître un peu plus sur ces cartes.

— Allez vous chercher une chaise. Je vais vous expliquer en quelques mots le fonctionnement de ce jeu qui compte soixante-dix-huit cartes divisées en deux groupes distincts. Le premier groupe, les Arcanes mineurs, précurseurs du jeu moderne, comprend cinquante-six cartes divisées en quatre séries.

— C'est quoi un Arcane ?

— Ce sont des choses secrètes réservées aux initiés.

Une réponse sèche qui agace Philippe. Cette madame Germaine commence à l'énerver.

Celle-ci ne désarme pas.

— Je continue ?

— Vous pouvez. Au moins, je vais partir d'ici un peu plus instruit.

Philippe devient sarcastique.

— La série des Bâtons que vous voyez correspond à nos trèfles, celle des Coupes à notre cœur, les Épées au pique et les Deniers au carreau. Chaque série compte quatorze cartes, numérotées de l'as au dix et quatre faces non numérotées : le roi, la reine, le cavalier et le valet. On a éliminé aujourd'hui les quatre cavaliers.

— Les deux cartes que j'ai trouvées ont des bâtons. L'une en a quatre et l'autre sept. Qu'est-ce que cela signifie ?

— Qu'il est impatient, ce jeune homme ! Laissez-moi terminer mon introduction au tarot et je répondrai. Le second groupe, les Arcanes majeurs, comprend vingt-deux cartes, chacune ayant un titre et une image. Tout le symbolisme imprégnant les Arcanes majeurs a toujours fasciné les écrivains et les psychologues, hum ! hum ! comme moi.

Elle fait une pause, attendant une réaction.

Philippe et Manuela se regardent, sourient. Madame Germaine, ragaillardie par sa propre vantardise, continue :

— Ces derniers affirment que les images du Pendu, de la Roue de fortune, du Jugement et de la Lune, par exemple, sont des représentations allégoriques médiévales de la vertu et du vice, de la vie et de la mort. Vingt et une de ces cartes sont numérotées. La vingt-deuxième, numérotée zéro, ressemble à notre fou moderne. Les personnes qui prédisent l'avenir utilisent le paquet au complet. Elles peuvent aussi n'utiliser que les Arcanes majeurs. Les cartes sont étalées côte à côte et ont toutes une relation entre elles. En clair, regroupées, elles ont autant de signification que prises individuellement.

— Vraiment ! Je ne m'attendais pas à remonter aussi loin dans le temps avec mes deux cartes. Bon, que signifient-elles ?

— Malheureusement, c'est assez pour aujourd'hui. J'attends une autre cliente, une travailleuse sociale du CLSC. Revenez me voir dans une semaine ou deux, vous en saurez plus sur votre avenir, foi de Germaine !

— Je vous remercie beaucoup, madame Germaine, pour ce cours de « Tarot 101 ».

— Je vous en prie, mon jeune ami. La prochaine fois, vous aurez un cours universitaire.

Philippe a l'impression de sortir de cette maison pas plus avancé qu'avant.

— Tout de même, il y a quelque chose que je ne comprends pas. Ces deux cartes ne sont certainement pas le fait du hasard. Et puis, après tout, pourquoi pas ?

En quelques mots, il venait de classer cet épisode et de le jeter aux oubliettes.

Manuela comprend le désarroi de Philippe et marche silencieusement sans insister davantage. Elle compte revenir sur le sujet plus tard.

\*\*\*

Le lendemain, Philippe se lance de nouveau à l'assaut du canyon, cette fois-ci avec tout l'équipement nécessaire.

Pendant ce temps, Manuela ira cueillir des champignons sauvages, question de combler l'attente.

Au bout de trois heures d'effort sans interruption, à enlever la mousse et à couper des arbres et des racines, Philippe est enfin récompensé. Il a devant lui un hydravion, un vieux modèle, inconnu.

Il réussit à s'approcher de la cabine de pilotage. Le tableau de bord, qui était en bois à l'époque, est tout pourri. Les instruments, en assez bon état, sont encore en place: un ampèremètre, une jauge à pression d'air, une autre pour l'huile, un altimètre, un tachymètre, un anémomètre et un compas magnétique.

« Comment se fait-il que ces instruments soient encore là ? Habituellement, quand un avion s'écrase, des gens s'empressent de piller l'épave. Et, s'il y avait des morts ? »

Il regarde attentivement ; rien. Ouf ! Il est soulagé, car il n'avait pas envie de se retrouver face à un cadavre, dût-il être un squelette !

« C'est donc dire que les occupants ont survécu et sont partis chercher du secours. »

Il décide de poursuivre son travail de défrichage.

Enfin, il parvient à se frayer un chemin jusqu'à l'intérieur de la cabine. Il ramasse, sur le plancher, une chaîne et un médaillon sur lequel sont inscrits « 0062 » et les lettres « USATS ».

« Probablement "USA" pour United States of America, mais "TS" ? se demande Philippe. Quant au numéro, il me sera utile pour retracer le pilote, l'année de l'écrasement et le type d'appareil. »

Il continue à chercher d'autres indices.

En arrière, sous un siège, il aperçoit une boîte rectangulaire qu'il tire vers lui. Au toucher, on dirait du cuir. C'est une valise. Le cuir est épais, moisi et poisseux. Les serrures sont toutes rouillées. Sur le couvercle, des initiales en or, gravées « A. B. JUNIOR ».

Il tente de l'ouvrir. Rien ne bouge. Il force un peu plus. Elle ne bronche même pas.

« Que peut-elle contenir ? Des vêtements ? Des articles de toilette pour le voyage ? »

Par curiosité, il décide de l'apporter à son appartement.

« Et Manuela ? Est-ce que je vais la mettre dans le coup ? Après tout, elle m'a accompagné ; pourquoi lui cacher ma découverte ? Ce ne serait pas fair-play de ma part. »

Philippe est surexcité.

Il jette un regard pour s'assurer qu'il n'y a pas autre chose à rapporter.

Il regarde encore l'hydravion, essaie de lire les lettres d'identification. Impossible à déchiffrer.

Il décide de retourner à la voiture avec son butin qui comprend une valise, un médaillon et quelques instruments du tableau de bord.

Avant de partir, il photographie l'appareil sous plusieurs angles.

Comme il l'avait fait la veille, il le recouvre de branches, de mousse et de pierres. Il ne veut pas que son secret soit éventé.

Il attache soigneusement la pelle, la hache et la scie autour de la valise et ficelle le tout à son sac à dos.

Arrivé au pied de la paroi où pend la corde, il fait signe à Manuela qui remonte d'abord le colis, puis il escalade la montagne à son tour.

Il ramasse son équipement et jette un dernier coup d'œil à l'épave, au fond du ravin. De loin, il est difficile de discerner l'objet. Rassuré, il prend le chemin du retour, son butin précieusement attaché à son dos.

Philippe se rappelle qu'adolescent, il avait rêvé d'aventures palpitantes en lisant les livres de Bob Morane ou d'Arsène Lupin. Aujourd'hui, c'est lui qui est au cœur de l'aventure. Personne d'autre que lui, Manuela et... cet avion sorti de nulle part. Il y a aussi cette valise dont le contenu reste mystérieux.

Il passe sa main en arrière pour vérifier si elle est encore bien ficelée. Il refait son geste pour s'en assurer. Un cérémonial qu'il pratique jusqu'à la voiture.

Sur la route, il a l'impression que la vénérable Escort a des ailes. Elle est plus rapide, dévale les montagnes, bouffe les kilomètres avec un appétit insatiable.

— Wow ! Pas de folie ! Tout doux ! Ce n'est pas le temps d'avoir un accident.

À la barrière, le gardien lui remet une enveloppe.

— Un pêcheur, dont j'ignore l'identité, m'a chargé de vous remettre ceci.

— Vous faites sûrement erreur. Il n'y a personne qui sache que je suis dans ce secteur.

— L'étranger m'a donné la description de votre voiture, le numéro de la plaque d'immatriculation, la description de la femme qui vous accompagne...

L'homme jette un regard admiratif vers Manuela et continue :

— Il s'agit bien de vous.

Philippe prend l'enveloppe et range la voiture sur l'accotement. Il l'ouvre et y trouve deux cartes de tarot. Il regarde Manuela qui est tout aussi méduse que lui.

Sur la première carte, il y a six petits carreaux avec une roue à l'intérieur de chacun. À l'horizon, en haut des carreaux, au centre, se profile un soleil éblouissant sur fond de ciel orangé.

Sur la deuxième, une jeune femme marche sur la mer. Elle est vêtue d'une longue robe et porte une ceinture dorée et des colliers d'or. Elle tient dans ses mains une coupe d'argent.

— Qu'est-ce que cette histoire de fous ? Y comprends-tu quelque chose, toi ?

— *Misterioso*.

— Au fin fond de moi-même, j'ai toujours cru que ces cartes se retrouvaient sur mon chemin par pur hasard. Avec ces deux autres cartes qu'on vient de me remettre, on dirait qu'il y a un inconnu qui veut semer le mystère autour de moi, de toi, de nous. Cette façon d'agir pourrait ressembler à l'oncle Charles, avec ses manies et ses histoires abracadabrantes.

Sur ce, il sort du véhicule et va demander au gardien la description du pêcheur qui lui a remis les cartes. Elle ne ressemble en rien à l'oncle Charles, ni par la grandeur, ni par l'âge, ni par l'habillement.

— Il faut que je tire cette situation au clair.

Et il démarre, bien décidé à démasquer la personne qui s'amuse à jouer à colin-maillard avec eux.

# Chapitre 4

Philippe entre chez l'oncle Charles en coup de vent.

— L'oncle Charles est-il ici ?

— Il est en train de préparer un cours.

— Il est ici depuis combien de temps ?

— Il n'a pas quitté la maison depuis hier. Pourquoi ?

— Quelqu'un est-il venu le voir ?

— Non.

— Ça alors !

— Alors, quoi ?

— Un fantôme nous court après et on essaie de le démasquer.

— Qui c'est le « nous », le « on », réplique tante Isabella.

Philippe vient d'être piégé. Heureusement qu'il avait déposé Manuela chez elle, car il n'a pas envie de raconter sa vie sentimentale à sa tante. La discrétion est une qualité héritée de son père.

— Un copain qui a fait son cours avec moi. Je vais voir l'oncle Charles.

Sur ce, il s'empresse de quitter Isabella pour

éviter la torture de l'interrogatoire. Lorsque Philippe aborde son oncle, le ton est déjà moins agressif.

— As-tu quelques minutes à me consacrer ?

— Bien sûr. Pourquoi ?

— Hypothèse confirmée, ciel penché !

— Quoi ? Quelle hypothèse ?

— L'hypothèse avancée lors de la randonnée en hélicoptère, eh bien ! je viens de découvrir un hydravion. Un vrai. En chair et en os. Enfin... en métal.

L'oncle se met à rire.

— C'est sérieux. Il y a véritablement un hydravion au fond du canyon. Un vieil appareil dont je ne connais pas le modèle. J'en ai pris quelques photos.

— Il a sûrement été découvert par quelqu'un d'autre, reprend l'oncle.

— Non, que je te dis. Il y a quelques indices qui me laissent croire que l'épave n'a jamais été découverte. Le tableau de bord est pratiquement intact. J'ai même ramassé un médaillon dans la cabine de pilotage. Le voici.

Philippe tend le médaillon à l'oncle Charles qui l'examine avec attention.

— C'est un médaillon appartenant sûrement à un citoyen américain, car les lettres commencent par « USA » ; quant aux deux autres, je n'en sais rien. L'appareil ressemblait-il à un avion de combat ?

— Non. D'après moi, c'est un vieux modèle. Ce qui m'embête...

— Embête... ?

— Je ne suis pas capable de lire les lettres d'identification. Je n'ai trouvé aucune trace de vie humaine. Dès que j'aurai les photos, j'irai à la bibliothèque du CIA pour identifier le modèle en question.

Philippe parle rapidement, encore sous le coup de l'émotion.

— Il y a plus. J'ai trouvé aussi à l'intérieur une valise au cuir moisi, relativement en bon état. Je vais la chercher.

L'oncle Charles commence à flairer lui aussi l'aventure. Il a toujours pensé avoir des atomes crochus avec son neveu. Ces événements le confirment.

Philippe arrive avec la valise et la dépose délicatement sur la table. Son oncle va chercher un passe-partout à l'atelier. Il joue avec la serrure qui refuse de bouger. Il retourne à l'atelier, ramène un flacon d'huile pénétrante. Il imbibe abondamment la serrure et attend qu'elle fasse son effet.

Il essaie encore.

— Ça y est. Ça vient, soupire l'oncle Charles.

On entend un déclic. C'est la serrure qui réagit. Son neveu observe religieusement la scène. Il retient son souffle. Le silence, pesant, occupe maintenant toute la pièce.

L'oncle Charles ouvre lentement la valise. Quelle surprise de découvrir des liasses de documents jaunis par le temps et écrits en anglais !

L'oncle Charles en prend un, l'examine et dit :

— Ce sont de vieux certificats d'actions datant de 1928. Ils ont été émis par la Northern Aluminum Company (NACOM). Regarde ce qui est écrit :

*Northern Aluminum Company, Authorized Capital 250 000 Preferred Shares of $100 each and 1,000,000 Common Shares without Nominal or Par Value.*

*This certificate is transferable in Pittsburgh.*

*This is to certify that A. Bellon is the owner of One Hundred shares fully paid and non-assessable shares of the par value of One Hundred Dollars ($100) each of the Six Per Cent. Cumulative Redeemable Preferred Stock of Northern Aluminum Company, transferable on the books of the Company by the owner hereof, in person or by other person, upon surrender of this certificate properly endorsed.*

*A statement of the designations rights, privileges, limitations, preferences, voting powers, restrictions and terms of redemption of the Six Per Cent Cumulative Redeemable Preferred Stock appears upon the back hereof and by the acceptance of this certificate the holder thereof assents thereto.*

*This certificate is not valid until countersigned*

*by the Transfer Agent and registered by the Registrar.*

*WITNESS the seal of the Company and the signatures of its duly authorized officers.*

— Il y a une date écrite à la main, presque illisible « September 10, 1937. »

— Regarde les initiales sur la valise « A. B. Junior », A. B. pour A. Bellon peut-être ?

— Quelle perspicacité !

— Qu'est-ce qui est écrit sur le côté droit ?

— « The Union Trust Company of Pittsburgh » et sur celui de gauche: « Fidelity Trust Company (Pittsburgh, Pa) Register. » Il y a une signature sous chacune des inscriptions. Tous ces certificats sont signés par « Edward Darvis, President » et « J.H. Cogger, Secretary ». Avec le sceau de la compagnie en plus !

— Peux-tu me traduire ce texte ?

— Grosso modo, ce document confirme que A. Bellon est propriétaire de cent actions privilégiées de cent dollars chacune donnant un intérêt de six pour cent l'an. Ces actions sont échangeables à la NACOM par le propriétaire lui-même ou par tout autre personne, sous réserve que le certificat soit dûment signé. Les règlements, droits, privilèges, limites, droits de vote et restrictions de ce bloc d'actions privilégiées apparaissent à l'endos du certificat et son propriétaire les accepte. Le certificat n'est pas valide s'il n'est pas signé par l'agent responsable du transfert et s'il n'est pas enregistré par le Registraire.

— Ces documents sont tous signés. Donc, ils sont valides.

— Pas si vite. Ce sont de vieux papiers et, d'après moi, compte tenu de leur âge et de la façon dont tu les as trouvés, tu peux les garder comme antiquité, un souvenir, quoi !

— Et s'ils étaient encore bons ? Ils vaudraient combien aujourd'hui ?

— Il faudrait d'abord faire des recherches sur ces titres. Je connais une firme à Montréal qui se spécialise dans ce domaine. Je peux m'informer si tu le désires.

— Et comment !

L'oncle regarde son neveu, encore tout excité. Philippe se voit déjà millionnaire, achetant son propre hélicoptère, modèle ultraperfectionné.

Pendant qu'il rêve à haute voix, l'oncle commence :

— Je me rappelle qu'il y a quelques années, j'avais décidé d'investir à la bourse. Je me voyais millionnaire, copropriétaire de multiples entreprises, achetant, vendant et accumulant des dividendes. Les premières firmes d'informatique représentaient un potentiel intéressant. J'ai investi dans deux entreprises qui ont fait faillite. Mais ça, c'est une autre histoire. Un jour, je te raconterai...

Philippe sort de son rêve et sourit. Il prend un certificat et ferme la valise.

— Je ne voudrais pas jouer le trouble-fête, mais il est de mon devoir de te faire une mise en garde. Ce ne sera pas facile d'obtenir un droit de propriété sur les titres. Par conséquent, ne brûle pas les étapes. Tu devrais commencer par obtenir des informations sur ces certificats. Pendant ce temps, je ferai des recherches sur l'écrasement de l'hydravion. Notre université possède tous les numéros du quotidien publié dans la région depuis 1880. Il s'y trouve sûrement un article qui en parle. Une fois que nous aurons ces renseignements, en plus de ceux du médaillon, nous serons en mesure de remonter jusqu'à son propriétaire et celui de la valise. Allons-y méthodiquement. Quand on nous demande d'intervenir dans une organisation, la première étape consiste à recueillir toute l'information nécessaire en rapport avec le problème posé. Par la suite, on choisit quelle stratégie on va utiliser.

Le neveu écoute son oncle qui utilise souvent des images qu'il puise dans son expérience professionnelle.

Avant de partir, Philippe lui demande s'il connaît le tarot. L'oncle hésite, regarde la valise et laisse tomber :

— Vaguement. C'est un jeu de cartes, je crois. Pourquoi ?

Philippe hausse les épaules et s'en va, de plus en plus perplexe.

***

Le lendemain matin, il saute sur sa bicyclette et va à la pharmacie chercher les photographies. Puis, il se dirige vers le CIA et demande un accès privilégié à la bibliothèque, fermée à cette période de l'année.

Il prend quelques tomes de l'Encyclopédie de l'aviation et les feuillette, photos en main.

Il repère rapidement le modèle.

Il s'agit d'un Supermarine S-6B construit par W.R. Matthews. D'après l'encyclopédie, cet hydravion remporta le trophée Schneider pour l'Angleterre en 1931. L'appareil était doté d'un moteur Rolls-Royce de 2350 chevaux. En 1931, il porta à 652 KM/heure le record du monde de vitesse.

Détail historique intéressant, le même constructeur avait construit le « Spirit of St-Louis » qui fut piloté par Charles Lindbergh lors de sa traversée solitaire New York-Paris en mai 1927.

« Que vient faire ce vieux bolide dans ce trou ? On n'est quand même pas en Angleterre. »

Philippe est doublement intrigué: un hydravion, presque intact, qui fut la gloire de son époque, et une valise bourrée de certificats d'actions.

Et ces cartes de tarot...

# Chapitre 5

La journée même, il retourne chez madame Germaine, alias madame PMD. Elle porte un turban autour de la tête, ce qui lui donne l'allure d'une véritable bohémienne.

— Il ne lui manque que la boule de cristal, glisse Philippe à l'oreille de Manuela.

Il s'assied devant la grosse dame qui, cette fois-ci, demande à Manuela d'attendre dans l'autre pièce.

Tout en brassant un jeu de grandes cartes colorées, madame Germaine explique :

— Il existe plusieurs types de jeu de tarot. Ces cartes proviennent d'un jeu appelé « le tarot jungien ». Son auteur a voulu en faire une porte d'entrée visuelle dans l'univers complexe de la psychologie jungienne.

« Elle va se mettre à faire de la psychologie maintenant », pense Philippe.

— Le tarot jungien est une mosaïque d'images reliées de façon précise les unes aux autres. Ces images sont fondées sur des principes jungiens pour constituer une méthode que Jung qualifia lui-même « d'imagination active ».

— Qui est ce Jung ?

— Carl Jung est un psychiatre suisse, ancien collègue de Sigmund Freud. Vous connaissez Freud au moins ?

— Euh ! Vaguement.

— Cela ne me surprend guère. Continuons.

« Comme Freud, Jung fut l'un des pionniers du mouvement psychanalytique. C'était un penseur génial qui a fait de nombreuses observations sur les rapports existant entre les religions mondiales et les mythologies. Il a déclaré, un jour, avoir eu la chance de parvenir à une vue d'ensemble de la condition humaine grâce aux rêves de ses patients. Il est décédé en 1961. Si vous me le permettez, après cette brève présentation de monsieur Jung, je vais maintenant vous donner plus d'explications sur l'utilisation qu'il faisait des cartes de tarot pour comprendre l'âme humaine. »

— Doutez-vous de ma capacité de compréhension ?

— De compréhension des phénomènes paranormaux, oui. Vous avez des préjugés qui vous empêchent de voir plus loin que votre nez. Écoutez ce que dit monsieur Jung. C'est plus que de la psychologie, c'est de la psychanalyse, jeune homme, ajoute-t-elle, en insistant sur les deux derniers mots.

— J'écoute, madame Freud, pardon ! madame Jung.

Madame Germaine hausse les épaules et

laisse échapper un soupir exaspéré. Néanmoins, elle continue son récit :

— Le psychiatre compare la conscience de chaque personne à un ruisseau qui coule en un mince filet vers l'océan de « l'inconscient collectif ». Dans cet océan de « l'inconscient collectif », selon Jung, il y a des archétypes, des « empreintes culturelles » pour utiliser son expression. Ce sont des images, des idées que l'esprit de l'humanité a développées au cours de l'histoire. Par exemple, il s'est forgé, à travers les siècles, un concept généralisé de la « mère », une idée présente dans toutes les cultures et que l'on retrouve dans les mythologies, les contes de fées et les religions du monde entier.

— Toute une trouvaille !

Autre soupir d'exaspération.

— C'est en suivant l'idée de Jung selon laquelle il existe une relation entre les archétypes et le tarot que furent créées les soixante-dix-huit images peintes du tarot jungien, des « images archétypes ». Il est donc possible, à travers ces images, d'atteindre la matière irrationnelle de notre inconscient personnel, et ensuite, d'accéder au royaume de l'inconscient collectif qui détermine de façon fondamentale notre comportement conscient.

— N'y a-t-il pas, dans cette façon de faire, un glissement dangereux de la psychanalyse vers l'ésotérisme ? dit Philippe avec malice.

— Pas du tout. Le tarot jungien se défend bien d'y être associé. Sa méthode est tout ce qu'il y a de plus scientifique et de pragmatique. Et puis, qu'avez-vous donc contre les sciences occultes ? N'y a-t-il pas le mot « sciences » dans sciences occultes ?

\*\*\*

Satisfaite de sa réplique, madame PMD lui demande de déposer ses deux cartes sur la table. Il en dépose quatre.

— Un inconnu m'en a remis deux autres.

Il place les cartes côte à côte et indique la première carte reçue. Madame PMD la scrute attentivement.

— C'est le sept de Bâtons, la carte de la passion. La passion, par définition, ne dure pas. Les sentiments sont momentanément en déséquilibre ; ils déterminent l'action jusqu'à ce qu'une vue d'ensemble de la situation permette de revenir à la raison. Raison et passion. Nous passons souvent de l'une à l'autre. Vous êtes sûrement en train de vivre une passion avec une personne.

« Ce n'est pas difficile à deviner, pense Philippe. Manuela est toujours avec moi quand je viens ici. »

— L'énergie dégagée par cette carte est excitante. L'amour, comme l'argent, peut surgir comme un raz-de-marée ; il peut être gaspillé aussi. S'il y a excès de votre part, il est possible de tout perdre : amour, argent, amis. La personne qui vous a remis cette carte voulait certainement vous donner une clé pour analyser vos désirs les plus secrets. En effet, cette carte aide à réfléchir sur la nature de la passion à l'état brut, cette passion qui peut vous dominer si vous n'êtes pas attentif à ce qui se passe.

« Quelles passions me dévorent ? songe Philippe. Piloter un hélicoptère au plus vite. Vivre avec Nathalie. Baiser avec Manuela. »

Madame Germaine le sort rapidement de ses pensées.

— La seconde carte, le quatre de Bâtons, symbolise le succès, dû en grande partie à vos capacités personnelles et à votre ambition. Quand vous entreprenez quelque chose, vous faites preuve d'endurance et vous êtes récompensé. Si vous avez un projet, vous le dirigez avec soin. Vous y mettez de l'enthousiasme. Cette carte indique que vous possédez une grande intelligence, que vous êtes sûr de vous, avec une légère tendance à l'égocentrisme.

Elle s'arrête tout à coup, regarde Philippe et lance :

— Quand je vous dis que vous possédez une grande intelligence, ne croyez pas, mon jeune ami, que je fais de la flagornerie.

— Fla quoi ?

— Flagornerie, flatterie.

Autre soupir d'exaspération.

Elle se penche, regarde les cartes :

— Vous pouvez être parfois très têtu. Dès que vous avez quelque chose en tête, il est difficile de vous faire changer d'idée. La personne qui vous a donné cette carte pensait probablement à un projet quelconque vous concernant. Ce projet comporte des risques qui ont presque toujours une issue favorable. Vous devrez cependant y mettre beaucoup d'énergie, même plus que vous en êtes capable. Ce qui pourrait causer une perte d'argent ou de situation.

— Je n'ai ni l'un ni l'autre. Comment pourrais-je les perdre ? Votre monsieur Jung a-t-il une réponse à ce sujet ?

Madame PMD encaisse le coup et ne réplique pas.

— Nous allons regarder les deux dernières cartes ; on vous les a remises ensemble, n'est-ce pas ?

— Exact.

— Il s'agit du six de Deniers et de la Princesse de Coupes. Le six de Deniers est la carte de la richesse et de la puissance acquises après beaucoup d'efforts. Elle représente une discipline de soi-même très soutenue, de longs et difficiles sacrifices conduisant à des résultats souvent très impressionnants. Ce travail se fait souvent à l'encontre des conseils de certains et dans des circonstances parfois difficiles. C'est un but ambitieux qui pousse la personne. Sa force de caractère l'empêche de se détourner du chemin menant à ce but. Si tel est votre cas, votre route se fera en solitaire. Il vous faudra de la patience et de la persévérance. Vous aurez occasionnellement des périodes d'incertitude et de découragement, mais vous réussirez grâce à votre assurance et votre personnalité agressive.

Philippe réfléchit, non pas à ce que vient de lui dire madame Germaine, mais au contexte où les cartes sont tombées entre ses mains. Il est tellement préoccupé à rassembler les faits qu'il oublie de porter ses réflexions à un autre niveau, là où veut l'amener madame PMD.

« Cette carte m'a été remise à la barrière alors que j'avais des certificats d'actions dans le coffre de la voiture. Il y a donc quelqu'un qui nous observait. Qui est cette personne ? L'oncle Charles était à la maison. Donc, je l'écarte. Il ne reste que Manuela ou un inconnu qui nous épiait. »

Madame Germaine le ramène à sa « boule de cristal ».

— La quatrième carte doit être analysée avec la troisième puisqu'on vous les a remises ensemble. Cette personne a donc voulu les associer. La Princesse de Coupes représente la fille ambitieuse. C'est une jeune femme très pratique et envieuse, douée pour les affaires. Elle peut être tantôt extrêmement calculatrice et astucieuse, tantôt avoir beaucoup de sensibilité pour les personnes qui l'entourent. Elle gagne facilement l'amitié et le respect de ses collègues de travail. Très exigeante, elle sait deviner quand un compromis peut être à son avantage. Il n'est pas facile de la faire reculer. Elle demeure féminine et charmante en toutes circonstances. C'est une femme difficile à cerner.

Philippe jette un regard vers l'autre pièce. Il a vu Manuela dans cette description.

— Il est rare que la Princesse de Coupes provoque des dissensions ou fasse preuve de mauvaise volonté. Elle n'embarque pas dans de petits conflits mesquins. La Princesse de Coupes a un grand besoin de soutien affectif, quoique la famille l'intéresse peu. Si elle se marie et a des enfants, sa vie familiale passera après son travail. Les deux dernières cartes associent la fille ambitieuse à la richesse et à la puissance. Voilà un cocktail explosif pour un jeune homme comme vous.

— Si les cartes prédisaient l'avenir avec succès, elles feraient partie de notre vie quotidienne, fait remarquer Philippe, toujours aussi sceptique, malgré certaines évidences amenées par madame Germaine.

— N'oubliez pas, monsieur, que le tarot jungien aide d'abord la personne à se connaître, en l'invitant à pénétrer à l'intérieur d'elle-même. Il n'est pas un devin. Bien que, dans votre cas, on a glissé ces cartes sur votre passage avant que l'événement ne se produise, comme si elles étaient porteuses d'une signification sur cet événement.

« Cette femme connaît visiblement bien son métier et elle en est convaincue. Qu'est-ce qu'on leur montre à l'université ! »

***

Une fois l'explication des cartes donnée, madame Germaine offre à Philippe de lui prédire son proche avenir avec les cartes de tarot.

— Comme vous pouvez le voir, j'ai séparé les cartes en deux groupes, les Arcanes majeurs et les mineurs. Maintenant, je vais brasser chaque groupe, les étendre sur la table et vous en choisirez une dans chaque Arcane.

Dans le groupe des Arcanes majeurs, Philippe retourne la carte du Bateleur et, dans celui des Arcanes mineurs, celle du sept de Coupes.

— Le sept de Coupes annonce des obstacles importants à vos projets sentimentaux et financiers. Des problèmes de couple sont en vue et, de plus, vous manquerez d'argent. Cette carte met l'accent sur les besoins : recherche de chaleur et de sécurité, de satisfaction des besoins sexuels, de soutien matériel. Pour surmonter ces obstacles, vous devrez mettre beaucoup d'efforts ; il y aura la souffrance et, plus souvent qu'autrement, le sacrifice. Heureusement, le Bateleur de l'Arcane majeur représente la volonté. Dans la mythologie, le Bateleur est le créateur du soleil et de la lune. Pour l'homme, il représente toutes les caractéristiques traditionnelles du « mâle » à travers l'histoire. Le Bateleur est la carte qu'il vous faut pour faire face aux nombreux obstacles qui vont se présenter sur votre route.

— Cette partie de cartes est une véritable consultation psychologique. On serait porté à croire que vous êtes diplômée dans ce domaine.

— Pourquoi cette affirmation, monsieur Philippe ? Il y a beaucoup de gens autour de moi qui m'appellent la défroquée. Le saviez-vous ?

— Euh... bredouille Philippe.

Et, il ajoute timidement :

— On vous surnomme en effet la PMD, la psycho-maniaco-défroquée.

***

— Manuela, ce que j'ai trouvé d'extraordinaire chez cette gitane, ce n'est pas ce qu'elle m'a appris sur les cartes, mais plutôt la signification de la carte associée à un événement survenu au moment où je découvre la carte. La première carte trouvée par Nathalie symbolise la passion. Quelques jours plus tard, je fais l'amour avec toi.

— La *segunda*, poursuit Manuela qui avait tout entendu de la pièce voisine, c'est la carte du succès. Tu découvres les vestiges *de un hidravión*.

Puis, Philippe enchaîne rapidement :

— Les deux cartes suivantes représentent la richesse et la femme ambitieuse.

Et, il s'arrête, silencieux. Il songe à ce que madame Germaine a dit à propos de la Princesse de Coupes.

« Manuela ne connaît pas le contenu de la valise. Si elle est une femme aussi ambitieuse que cette Princesse de Coupes, il est préférable de tout lui cacher. À moins qu'elle ne parle d'une autre femme ?

Manuela comprend ce qui se passe dans la tête de Philippe.

— Qui peut être cette femme ambitieuse ? Me vois-tu dévorée par l'ambition, une croqueuse de diamants, une siphonneuse de comptes de banque...

— La description qu'elle en a faite te ressemble en partie : pratique, féminine, aimée de tous. Mais pas l'ambition. Enfin, je ne le crois pas.

— En tout cas, le pouvoir et l'argent ne m'ont jamais intéressée. Du moins, pas pour l'instant.

— Tous ces événements m'intriguent au plus haut point. Quand j'étais au fond du canyon, j'avais l'impression de vivre une grande et belle aventure. J'avais oublié qu'il y a toujours une part de mystère dans l'aventure.

Tout à coup, Manuela demande à Philippe :

— Qu'est-ce qu'il y avait dans la valise ?

— De vieux papiers datant des années vingt. De vieux certificats d'actions. L'oncle Charles et moi allons effectuer des recherches pour vérifier leur authenticité. Ils valent peut-être des millions. Je te tiendrai au courant de mes démarches.

— Je t'invite à dîner chez moi.

Ce soir-là, Philippe et Manuela font encore l'amour, lui pour se prouver qu'il incarne fidèlement le Bateleur, « le représentant des mâles », elle pour lui démontrer qu'elle est cette femme « féminine et charmante, mais pas ambitieuse ».

Ne sont-ils pas aussitôt entrés dans l'appart que Manuela s'approche de lui et l'embrasse à pleine bouche. Tout en jouant avec sa langue, elle défait sa ceinture et baisse promptement son pantalon. Philippe ne peut résister à un tel assaut sur son sexe devenu soudainement majestueux.

Ne voulant pas être en reste, il relève sa jupe, baisse sa petite culotte et la caresse lentement, puis avec frénésie.

— Prends-moi tout de suite, ici, je n'en peux plus.

Philippe s'approche du mur, pénètre Manuela qui n'en finit plus de jouir.

Le tarot, les certificats, et – le croirez-vous ? – madame Germaine, dite la PMD, s'égarent dans cette mer déchaînée de passion et de plaisir.

# Chapitre 6

Quelques jours plus tard, l'oncle Charles téléphone à Philippe.

— Comment va notre millionnaire ?

— Mal.

— Mal à ton portefeuille ?

— Non. Il y a une madame PMD qui me déprime à chaque fois que je lui rends visite.

— Ce nom me dit quelque chose...

L'oncle reste évasif et ne s'attarde guère sur ce sujet.

— J'ai retrouvé l'article du journal qui parle des titres boursiers. Il est question d'une entreprise qui s'appelle Recherche-Actions, le même nom qu'une méthode de diagnostic que nous utilisons dans notre profession. Drôle de coïncidence, n'est-ce pas ? Les bureaux de Recherche-Actions sont situés dans la Tour de la Bourse de Montréal, au Square Victoria. C'est une filiale de RAT, de Tucson, en Arizona. Recherche-Actions se spécialise dans la recherche de titres et de compagnies méconnus. Il paraît qu'il y a, dans notre pays, une famille sur trois qui posséderait des vieux titres. Écoute ceci. On donne l'exemple de la North European Oil Corporation qui recherchait du pétrole en 1930. Comme elle n'a rien trouvé, elle a fermé ses portes en 1937. Vingt ans plus tard, on découvre du pétrole sur des propriétés voisines de celles de la North European. On décide donc de réactiver la compagnie et on y trouve effectivement du pétrole. Un investissement de cent dollars dans la North European vaut maintenant cent trente mille dollars. Il y a encore un million d'actions de la North European en circulation et leurs propriétaires les croient sans valeur. Qu'est-ce que tu penses de cela ?

— Que voilà un exemple qui m'inspire, répond le neveu.

— Recherche-Actions va vérifier les titres et t'aider à récupérer la valeur des actions, en échange d'une commission. Fais attention à cette seconde offre. Avant de t'embarquer dans ce genre de transaction, consulte un spécialiste.

— D'accord. As-tu eu le temps de feuilleter les quotidiens de l'époque sur l'écrasement d'un hydravion ?

— Dès que j'ai une minute, je fais un saut à la bibliothèque.

— Je vais à Montréal demain. J'aimerais que tu me téléphones chez mes parents si tu trouves quelque chose d'intéressant.

\*\*\*

Immédiatement après avoir parlé à l'oncle Charles, Philippe téléphone à ses parents pour les prévenir de son arrivée. Son père en profite pour prendre de ses nouvelles.

— Les contacts auprès des compagnies d'aviation ont-ils donné de bons résultats ?

— Il n'y a pas grand espoir de ce côté. Plusieurs finissants du CIA comptaient sur le développement hydroélectrique du Grand Nord. Mais le gouvernement vient d'annoncer l'abandon du projet, sous prétexte que la demande d'électricité diminue.

— J'ai plutôt l'impression que c'est la campagne de dénigrement des Amérindiens aux États-Unis qui produit son effet, rétorque son père. Ils nous accusent, dans les grands médias new-yorkais, de détruire leur mode de vie et de faire preuve de racisme à leur égard. Or, le financement de ces grands projets, il se fait où ? Dans la haute finance new-yorkaise ! C'est efficace comme campagne, n'est-ce pas ?

Au fin fond de lui-même, Philippe se fout complètement de la campagne des Amérindiens. Ce qui l'intéresse, c'est de piloter un hélicoptère, que ce soit sur leur territoire ou ailleurs. Coupant court à la discussion, il dit à son père qu'il a un rendez-vous auprès de la firme Recherche-Actions pour demain quinze heures.

— Pourquoi Recherche-Actions ? demande son père.

— Je vous raconterai tout cela dans les moindres détails, répond brièvement Philippe, laissant son père perplexe. Il faut que j'appelle Nathalie et le Centre d'hébergement pour handicapés où j'ai déjà travaillé. Il me faut un boulot pour l'été.

Le lendemain, à quatorze heures précises – serait-ce un relent de son éducation acquise au contact de son professeur militaire ? –, Philippe arrive à la maison de ses parents. Nathalie, qui a pris congé cette journée-là, l'attend impatiemment.

Après les salutations d'usage, son père, que la curiosité démange, veut tout savoir au sujet de Recherche-Actions.

Philippe raconte son histoire. Il insiste sur sa découverte, la valise bourrée d'actions, les initiales, le médaillon. Il sort le certificat d'actions et le montre à ses parents.

Pendant qu'on l'examine avec attention, le téléphone sonne. C'est l'oncle Charles.

— J'ai trouvé un article de journal sur la disparition d'un hydravion. Voici ce qu'on en dit :

*Chicoutimi, le 26 août 1937. Ce mardi, un hydravion privé s'est égaré en forêt au nord de la rivière Saguenay. En plus du pilote, il y avait deux occupants à bord : le propriétaire de l'hydravion, un banquier de Pittsburgh, et une autre personne dont on ignore l'identité. L'appareil était parti de la baie Sainte-Marguerite et se dirigeait vers Montréal.*

*D'après un résidant de l'endroit, les hommes*

d'affaires avaient été invités à la pêche au saumon, au célèbre White Whales Salmon Club, fondé par James Grant en 1885.

Toujours d'après notre informateur, des hommes d'affaires américains ont été vus ensemble pendant plusieurs jours au Club de pêche. Leurs discussions semblaient fort animées et de nombreuses liasses de papier ont circulé, sous étroite surveillance.

Ces informations accréditeraient la rumeur à l'effet que tout ne tourne pas rond dans l'industrie de l'aluminium depuis que le gouvernement américain a décidé de poursuivre, pour monopole, les deux principales compagnies d'aluminium d'Amérique, ALUSA et NACOM.

Quant à l'hydravion, des recherches ont été entreprises sur une grande partie du territoire. Au moment d'écrire ces lignes, on était sans nouvelles des occupants.

Une Fondation de Pittsburgh, créée par les richissimes banquiers, a communiqué avec la direction de notre journal et demande à la population de lui fournir tout renseignement sur la disparition de l'hydravion et de ses occupants. Une récompense est promise.

— J'ai vérifié tous les numéros publiés dans l'année qui a suivi l'écrasement. L'hydravion n'a jamais été signalé. Toutefois, au printemps de l'année suivante, on a repêché le corps du pilote dans la baie Sainte-Marguerite, exactement à l'endroit d'où il est parti. L'auteur de l'article a conclu que l'hydravion avait pu s'écraser dans la rivière Sainte-Marguerite ou dans la rivière Saguenay. Les deux autres corps n'ont jamais été retrouvés.

— Alors, tout concorde. Ainsi, les initiales A. B. Junior seraient celles du riche banquier. Mais pourquoi cette valise pleine de certificats ? Aurait-elle un lien avec ces deux compagnies et le gouvernement américain ? Et le médaillon portant les lettres USATS ? Que signifient-elles ? On nage en plein mystère, n'est-ce pas ?

— Double mystère, oserais-je dire.

— Pourquoi double ?

— Tu ne te rappelles déjà plus ? Les cartes du tarot qu'on a semées sur ton chemin ? N'y a-t-il pas là une intrigue assez vraisemblable pour te donner la frousse ?

— Non. Et puis, je n'ai jamais vraiment cru à ces sornettes. Quoi qu'il en soit, à partir de maintenant, je me concentre sur les certificats d'actions. À bientôt.

\*\*\*

Philippe raccroche, fou de joie. Il court vers Nathalie, l'embrasse et lance :

— Je suis riche. Je suis riche. Finies les recherches d'emploi ! Je serai bientôt capable de me payer un hélicoptère, et pas n'importe lequel, un Bell 407.

— Aurais-tu gagné à la loterie ? lui demande sa mère.

— Mon gros lot est là, ciel penché ! répond Philippe, en montrant le certificat. L'oncle Charles vient de me confirmer que ces actions appartenaient probablement à une des personnes qui voyageaient à bord de l'hydravion. Il me reste à valider leur authenticité. C'est pour cela que je vais à Recherche-Actions, cet après-midi. Si tout se déroule comme prévu, je serai bientôt millionnaire.

Tout à coup, Philippe baisse théâtralement la voix et leur dit:

— Surtout, n'en parlez à personne. Je veux entourer mes démarches du plus grand secret.

Le père de Philippe regarde encore le certificat d'actions. Dans un encadré, il est écrit : Nombre d'actions : 100.

— Tu en as beaucoup des certificats comme celui-ci ?

— À peu près deux mille cinq cents.

— Alors, cela fait deux cent cinquante mille actions qui ont sûrement rapporté beaucoup de dividendes depuis une soixantaine d'années. Ça va chercher dans les millions de dollars américains. C'est « du gros argent », mon garçon. Et tous ces certificats sont signés.

Philippe opine du bonnet.

Tout le monde se met à faire des projets d'avenir, mais Philippe n'a toutefois pas oublié ce que lui avait dit son oncle :

— Commençons par vérifier l'authenticité des documents et leur appartenance. Vous comprendrez que, s'ils valent une fortune, on ne nous la donnera pas facilement.

— En tout cas, répond sa mère, j'espère que tu nous inviteras si tu vas travailler à l'étranger un jour. Ton père et moi avons toujours eu de la difficulté à nous mettre un peu d'argent de côté pour voyager, n'est-ce pas ?

\*\*\*

Sur ce, il part avec Nathalie vers le centre-ville. C'est Philippe qui conduit la voiture.

Nathalie a la tête appuyée au dossier, les yeux fermés, et rêve. Elle pense à son projet de poursuivre sa carrière dans un autre pays, sans soucis financiers. De temps en temps, elle passe la main dans les cheveux de son homme. Elle est heureuse. Elle voit défiler devant ses yeux des millions d'arbres, encore des arbres, une forêt tropicale, Philippe qui arrive avec un blessé dans un hélicoptère... pendant qu'elle aide une femme à accoucher...

— Si tu deviens riche, voudras-tu quand même travailler dans un pays qui aura besoin de nos services ?

— Tu en doutes ?

— J'ai peur que l'argent te fasse oublier nos projets conjoints.

Philippe continue son chemin sans répondre.

À la Tour de la Bourse, ils trouvent un stationnement et montent au dixième étage.

Philippe est surexcité. Il compte sur Nathalie pour l'aider à poser les bonnes questions.

Madame Murielle Massé de Recherche-Actions l'attend.

Elle commence par lui expliquer les services qu'elle offre sans oublier de lui demander de payer d'abord les frais de consultation au montant de cent dollars. C'est Nathalie qui avance l'argent.

— Vous savez, avec les années, Recherche-Actions a bâti une banque de données de 25 000 noms de compagnies, dont certaines remontent à 1840. Notre société dispose, de plus, d'une bibliothèque spécialisée dans ce genre de recherche. Comme première étape, nous vérifions avec notre client si la société apparaissant sur le certificat est encore inscrite à la bourse.

— On le fait tout de suite ? demande Philippe avec empressement.

— Si vous me montrez votre certificat, je vais vérifier immédiatement dans les pages économiques du journal.

Philippe sort le certificat de sa poche et le tend à madame Massé.

D'une autre poche, il sort une série de questions que l'oncle Charles lui avait préparées.

— Pouvez-vous me donner la signification de ce qui est écrit sur le certificat ? Quelqu'un d'autre peut-il avoir un droit de propriété sur les certificats ? Comment puis-je récupérer mon argent, si j'y ai droit ?

Son interlocutrice lui sourit.

— Si vous voulez, je vais examiner le certificat et répondre à vos questions une à une.

Après quelques minutes, elle le fixe attentivement et lui dit :

— Le nom de NACOM n'apparaît pas sur les titres cotés à la bourse. Nous pouvons à l'instant faire d'autres vérifications auprès de notre siège social, à Tucson, nous aurons une réponse assez rapidement.

Et le certificat est expédié subito presto.

Dans l'heure qui suit, un fax arrive d'Arizona.

— Voici les informations que nous attendions. Notre bureau de Tucson a effectué quelques coups de téléphone auprès de sièges sociaux de quelques compagnies d'aluminium dont une, d'ailleurs, s'est montrée fort intéressée. Pour ne pas la nommer, il s'agit de ALUSA. NACOM est une compagnie créée par ALUSA en 1928. Le certificat que vous détenez a été émis par cette dernière. Elle a dû changer de nom après des démêlés avec le gouvernement américain. Elle opère aujourd'hui sous le nom de ALUCAN. Je ne saurais vous dire, qui de ALUSA ou de ALUCAN, peut honorer ce certificat.

— Peu importe qui est responsable, je veux avoir de l'argent en échange.

— Il ne devrait pas y avoir de problème puisque le certificat est endossé. Le sont-ils tous ?

— Ils portent tous la signature du premier propriétaire.

— Vous en avez beaucoup de ces certificats ?

— Euh ! Euh ! Non... Quelques-uns seulement, répond évasivement le jeune homme.

— Si vous le désirez, nous pouvons récupérer l'argent pour vous, moyennant une commission de 30 % à la hauteur du montant recouvré. Nous absorbons tous les frais et tous les risques, cela va de soi.

Philippe se rappelle ce que son oncle lui avait dit. Il refuse gentiment sa proposition.

En sortant du bureau, madame Massé lui glisse, avec un sourire :

— Si jamais vos vieux certificats ne valent plus rien, vous pourrez toujours vous lancer dans la scripophilie.

— La scribologie ?

— Non, la scripophilie. C'est un nouveau passe-temps qui a commencé dans les années 1970 en Angleterre et qui consiste à collectionner des certificats d'actions ou d'obligations. Si vous en arrivez là, venez me voir. Nous pourrons échanger des certificats.

Soupçonneux, Philippe flaire une arnaque quelconque. Il la remercie aimablement et quitte Recherche-Actions.

Sur le trottoir, il prend Nathalie dans ses bras :

— Regarde ces buildings, nous serons probablement capables de nous en payer, un jour !

— Ce n'est pas d'un édifice que je rêve, mais d'aventure dans un pays exotique.

Elle embrasse Philippe.

— Ensemble, ajoute-t-elle, en insistant sur le mot et en le regardant droit dans les yeux.

\*\*\*

Sur le chemin du retour, Philippe est songeur. Il pense au dernier mot que Nathalie a laissé échapper.

« Est-elle au courant de mon aventure ? Pourquoi a-t-elle insisté sur le mot "ensemble" ? »

Nathalie rompt le silence :

— Je ne t'ai pas vu souvent, ces dernières semaines. J'ai comme l'impression qu'il y a une autre femme dans ta vie.

— Qu'est-ce qui te fait dire cela ?

— Une impression. Une impression que j'ai ressentie quand je suis arrivée à ton appart, l'autre jour. Il y avait un parfum que je n'arrivais pas à identifier.

Philippe ne veut pas tomber dans le piège que lui tend Nathalie. Il s'arrange pour le contourner.

— Oui, il y a une autre femme dans ma vie, lui murmure-t-il. J'ai une maîtresse et elle s'appelle l'Aventure. Et l'Aventure, c'est cet hydravion retrouvé.

Philippe omet, bien sûr, de parler de Manuela.

***

Arrivé à la maison, Philippe doit rappeler l'oncle Charles qui est impatient d'avoir des nouvelles de sa visite à Recherche-Actions.

— Quoi de neuf ? demande l'oncle.

— D'après Recherche-Actions, le certificat est valide. La compagnie existe encore, mais sous un autre nom.

— Lequel ?

— ALUCAN.

L'oncle Charles lui parle de quelqu'un qu'il connaît et qui travaille pour cette compagnie. Cette personne peut sûrement lui indiquer par où commencer les recherches.

— Veux-tu que je communique avec lui, au cas où ?

— Bien sûr.

— Quand comptes-tu revenir à Chicoutimi ?

— Pas avant plusieurs semaines. Faute de piloter un hélico, je recommence à travailler auprès des handicapés mentaux la semaine prochaine. Tu pourras me rejoindre chez Nathalie s'il y a du nouveau. En attendant, peux-tu mettre les certificats en sécurité ? J'ai l'impression que nous avons une petite fortune entre les mains.

— Qu'est-ce que tu en penses, si je les entreposais dans mon bureau, à l'université ? Il y a des gardiens de sécurité ; il est peu probable que l'édifice passe au feu et...

— Ça va, répond Philippe. Mais ça reste entre nous. Uniquement entre toi et moi.

***

Philippe a hâte de se retrouver en tête à tête avec Nathalie. En dépit de leurs disputes de couple, hélas ! trop fréquentes, il se sent bien avec elle. Ils ont des projets communs. Ils aiment faire l'amour. Nathalie est parfois jalouse, possessive, mais sa grande intelligence, sa vivacité d'esprit et son humour compensent largement pour ces faiblesses. Elle a surtout une qualité qu'il apprécie par-dessus tout. Elle sait faire preuve d'écoute, probablement une habileté qu'elle a développée dans son quotidien d'infirmière.

# Chapitre 7

La saison estivale est commencée depuis quelques semaines et Philippe n'a pas de nouvelles de l'oncle Charles.

Un matin, alors qu'il s'apprête à communiquer pour l'énième fois avec des compagnies d'hélicoptères, le téléphone sonne. C'est l'oncle.

— Je n'ai pas de bonnes nouvelles. Une jeune femme du nom de Manuela m'a appelé pour m'annoncer que ton appartement a été cambriolé. Nous sommes allés constater les dégâts ensemble. Un véritable capharnaüm. Tout était sens dessus dessous. À première vue, il semble que rien n'ait été volé. Comme si on était venu chercher quelque chose de précis.

— Des certificats d'actions peut-être ?

— Ne passe pas trop vite aux conclusions, mais c'est possible. J'ai communiqué avec le Service de police qui a fait les constatations d'usage. Puis, j'ai tout remis en ordre. Ah oui ! J'oubliais. La jeune femme a dit qu'elle avait retrouvé une autre carte de tarot au pied de ta porte d'entrée. Cela dépasse la simple coïncidence, n'est-ce pas ?

— De toute évidence, il y a une mystérieuse personne qui s'amuse à distribuer des cartes sur mon passage. Et pas n'importe lesquelles ! Chaque carte annonce un événement qui va survenir et qui lui donne une signification. Une signification qui prend l'allure d'une prémonition.

— Prémonition ?

— La première carte annonçait la passion...

— Avec Nathalie ou...

— Peu importe ! Ça se réalise maintenant. La seconde symbolisait le succès. J'ai trouvé un trésor...

— ... Qui ne vaut peut-être pas un rond !

— Pas nécessairement. J'ai pigé une autre carte prédisant la richesse.

Philippe s'abstient de parler de la carte sur la fille ambitieuse. Son oncle en sait déjà assez.

— As-tu des soupçons sur la ou les personnes qui seraient à l'origine de cette partie de cartes ?

— J'ai passé en revue tous ceux que je connais depuis un certain temps. À certains égards, ce procédé pourrait être utilisé par des personnalités qui s'apparenteraient à la tienne. Toutefois, je t'ai écarté parce que tu ne corresponds pas à la personne décrite par le gardien du parc. J'ai fait de même avec la jeune femme qui t'a accompagné.

— Manuela ?

— Tout à fait.

— Hum ! Joli nom ! Belle personnalité ! Agréable à entendre et à regarder ! Quelle nationalité ?

— Je ne sais pas.

— Manuela m'a demandé de te faire le message suivant. Après avoir ramassé la carte, elle est allée voir une certaine madame Germaine, a-t-elle précisé.

— Madame Germaine, alias madame PMD.

— Ah ! oui, je me souviens maintenant de cette madame PMD. Je l'ai eue comme étudiante. Brillante et farfelue.

— Elle n'a pas changé.

— D'après madame Germaine, la carte représente l'Empereur et signifie la guerre. Toujours d'après elle, l'Empereur a deux côtés : l'un signifie la force et l'autre, la cruauté.

— Ça confirme ce que je viens de t'expliquer. Cette carte annonçait un événement, le cambriolage, et sa signification, la déclaration de guerre. L'Empereur me déclare la guerre. Il faut que je découvre qui est cet Empereur.

— Nous allons à New York cette fin de semaine-ci, Isabella et moi. Si ce voyage vous tente, nous vous invitons, Nathalie et toi. Nous pourrons aller au siège social de la compagnie mère de la NACOM, ALUSA. Alors, un week-end yankee te plairait-il ?

— Tout à fait.

— Alors, à vendredi, vers 16 heures.

***

Tel qu'entendu, l'oncle Charles et Isabella arrivent à la journée prévue dans leur camping-car Westfalia.

« Un maniaque du West, pense Philippe. Il ressemble à mon père qui prend ce véhicule pour un jouet. »

Philippe ouvre une bouteille de vin et lui demande s'il y a du nouveau depuis son dernier coup de fil, tout en se faisant la réflexion suivante :

« On ne sait jamais, avec ce qui m'arrive depuis quelque temps, un événement de plus ne changera rien. »

— J'ai eu l'impression d'avoir été suivi par une automobile tout au long du voyage. Une voiture blanche, une grosse cylindrée avec une plaque d'immatriculation à l'avant alors qu'elle n'est plus obligatoire au Québec.

— Tes voisins, à Chicoutimi, m'ont déjà parlé d'une auto blanche, lance tout à coup Isabella.

— Pourquoi ne pas en avoir parlé ?

— Parce que tu ne me l'avais pas demandé, répond-elle simplement.

— Si cette voiture vous a suivis, elle doit être tout près d'ici. Allons voir.

Ils se précipitent dehors. La voiture en question est en effet stationnée au fond de la rue. Deux hommes sont à l'intérieur. Se voyant pris à découvert, ils démarrent en trombe, laissant Philippe et l'oncle Charles pantois.

— Nous avons maintenant la certitude que des gens s'intéressent à nous...

— Ou à mon magot, ciel penché ! ajoute Philippe.

Jusqu'à maintenant, Philippe abordait ces événements avec une certaine désinvolture. Après cet incident, c'est différent. Il est partagé entre le désir de l'aventure et l'incertitude. Il commence à se sentir vulnérable parce qu'il ne possède pas la donnée la plus importante : l'identité de l'empereur invisible et ses motivations.

L'oncle Charles, quant à lui, semble prendre un malin plaisir à cette série d'événements en apparence fortuits et qui, mis bout à bout, commencent à être significatifs.

Il boit une gorgée de vin, regarde son verre, la bouteille, et lance :

— Du bon vin, du Bordeaux. Tu connais mes goûts ! Comme nous avons cette bouteille à boire, j'aurai amplement le temps de te raconter une belle histoire. J'ai rencontré mon ami qui travaille chez ALUCAN et il m'a raconté l'histoire de la découverte de l'aluminium. Tu dois sûrement te demander où je veux en venir ? Tu verras, il y a des liens à faire avec les événements que nous vivons.

L'oncle prend une autre gorgée de vin.

— La première compagnie à fabriquer de l'aluminium en Amérique du Nord s'appelle

ALUSA. Cette compagnie a été fondée par l'Américain Charles Martin Hall, celui-là même qui a découvert le procédé de l'aluminium sur notre continent. Je te précise que Hall n'est pas le seul à faire cette découverte. Par une coïncidence pour le moins étrange, un Français au nom de Paul Héroult invente et fait breveter, en même temps, en France, le procédé électrolytique.

— Comme je ne suis pas tellement fort en chimie, que signifie « procédé électrolytique » ?

— C'est un procédé de décomposition chimique obtenue par le passage du courant électrique.

— Par exemple ?

— Pour faire de l'aluminium, ça prend de l'alumine qui est extraite de la bauxite, une sorte de terre rouge qu'on retrouve un peu partout sur la terre. On fait passer un courant électrique dans l'alumine dissoute dans la cryolithe...

— Là, je comprends !

Cette description commence à ennuyer Philippe. Ce n'est pas ce qui l'intéresse vraiment. L'oncle n'insiste pas et continue :

— Revenons à Charles Martin Hall. D'autres personnes s'intéressent à sa découverte. Parmi elles, il y a le colonel Hunt, avec qui il fonde, à Pittsburgh, la première fonderie d'aluminium, Aluminum of USA, ALUSA. Il serait plus précis de dire que c'est le colonel qui a pris les affaires en main. Pour supporter le jeune inventeur Hall, alors âgé de 25 ans, il engage, en 1888, un autre jeune homme de 21 ans qui venait à peine d'arriver à Pittsburgh. Il s'appelle Arthur Viking Darvis.

— Darvis... Ce nom me dit quelque chose.

— Sur le certificat d'actions ?

— Tout à fait !

— Darvis était le fils d'un ministre de l'Église Congrégationaliste de la Nouvelle-Angleterre. Donc, celui-ci, Hunt et Hall travaillent à mettre au point la première cuve d'électrolyse expérimentale. Ils réussiront dans la nuit de l'Action de grâces 1888 à obtenir la première livre d'aluminium commercial. Quelques années plus tard, en 1898, le colonel Hunt part pour la guerre hispano-américaine. Il mourra l'année suivante. Le jeune Darvis est alors nommé directeur général et deviendra président en 1910. Sous sa direction, ALUSA étend rapidement ses activités aux États-Unis et à l'extérieur, particulièrement en Europe et au Canada. Au Canada, c'est en 1928 que ALUSA décide de former une autre compagnie d'aluminium qui prend en charge toutes ses activités d'exportation parce que ALUSA suffit à peine à fournir le marché intérieur, négligeant ainsi tous les marchés extérieurs. Cette nouvelle compagnie s'appelle la Northern Aluminum Company, la NACOM.

— Pourquoi as-tu prononcé « aluminum » alors que j'ai toujours entendu « aluminium » ?

— Il semblerait qu'une erreur se soit glissée dans la première impression des documents de la société d'origine. Aluminium est devenu aluminum.

— Fort en chimie, faible en orthographe !

— Voici comment s'est effectué le tour de passe-passe financier lors de la fondation de la NACOM. On crée pour la nouvelle compagnie un capital-action d'un demi-million d'actions. Les nouvelles actions de la NACOM sont distribuées aux actionnaires de ALUSA au prorata, à raison d'une action de la NACOM pour trois actions de ALUSA. Ainsi, en 1928, les mêmes actionnaires se retrouvent avec deux compagnies au lieu d'une, avec le même actif qu'à l'origine.

— Cela ressemble étrangement à un monopole.

— En effet. En contrepartie, ALUSA transfère à la NACOM la propriété de presque toutes ses filiales étrangères à l'exception de ALUSA POWER COMPANY qui n'a été transférée qu'en 1938, pour des raisons financières.

— Qui c'est, cette ALUSA POWER quelque chose ?

— Filiale de ALUSA, ALUSA POWER COMPANY détenait une centrale hydroélectrique sur la rivière Saguenay. Mais le plus intéressant est à venir.

L'oncle boit une autre gorgée de vin.

— Hum ! Délicieux ! Première devinette : Qui est le premier président de la NACOM ?

— Je donne ma langue au chat.

— Edward Darvis, le frère de l'autre. Edward était vice-président responsable des ventes à l'extérieur des États-Unis depuis 1909. Plutôt porté sur les lettres, il a subi pendant longtemps la domination de son frère qui ne se gênait pas pour le ridiculiser devant des invités. La création de cette nouvelle entité lui donna l'occasion de s'en éloigner.

L'oncle prend son temps. Il fait durer le plaisir en étirant son histoire et en laissant sous-entendre quelque mystère.

— Seconde devinette : Quelle est la banque d'affaires qui s'occupe de toutes les transactions financières de ALUSA et de la NACOM ? Cette banque qui, lorsque les actions ne trouvent pas preneur à cause de la nouveauté du procédé, les rachète elle-même ?

— La banque à Rockefeller.

— Pas du tout. Je te le donne en mille, c'est la T. C. Bellon Bank & Sons. Ce nom « Bellon » te rappelle-t-il quelque souvenir ?

— C'est le nom écrit sur le médaillon retrouvé dans l'hydravion et sur les certificats d'actions. Est-ce que cela signifierait que ce A. Bellon Junior serait propriétaire de cette banque ?

— Nous devons effectuer des recherches à ce sujet. À New York.

L'oncle se verse un autre verre de vin.

— Ainsi, les deux compagnies fonctionnent avec les mêmes actionnaires. Et les deux directions sont très proches. Avec les mêmes banquiers.

— Plus proche que ça, tu meurs ! Deux frères !

— Au début des années 30, le gouvernement américain dénonce cette façon de procéder qui ressemble fort à un monopole, comme tu l'as dit tout à l'heure. Il décrète que le transfert des propriétés étrangères de ALUSA à la NACOM est une conspiration visant à établir un monopole, à restreindre le commerce ou à fixer les prix d'aluminium importé aux États-Unis. Le procès commence en 1938, mais, quelques mois avant le début des auditions, le banquier Bellon et le président de la NACOM disparaissent dans un accident d'hydravion.

— Quoi ? Dans un accident d'hydravion, ai-je bien entendu ?

— Le 26 août 1937, la même date que l'article du journal retrouvé dans les archives universitaires. Les hommes d'affaires s'étaient donné rendez-vous avec leurs avocats au célèbre club de pêche au saumon sur la rivière Sainte-Marguerite pour préparer, loin des oreilles indiscrètes, leur plaidoyer devant la Commission américaine antimonopole.

— C'est ce qu'on appelle joindre l'utile à l'agréable !

— Petite anecdote, en passant. Ce club de

pêche sera racheté dix ans plus tard par la NACOM d'un groupe de banquiers new-yorkais.

— Qui s'assemble se ressemble !

— N'oublie pas que l'article du journal disait que l'hydravion disparu appartenait à l'un des deux hommes, un banquier de Pittsburgh.

— On peut donc poser l'hypothèse suivante : le banquier, ce Bellon Junior, à cause des poursuites dont il fait face aux États-Unis, ne veut pas se séparer de sa fortune. Il traîne son portefeuille avec lui, celui que j'ai retrouvé. C'est simple comme deux et deux font quatre !

— Tu conclus trop rapidement, mon neveu. Laisse-moi terminer.

— D'accord. Finalement, les deux compagnies sont-elles accusées de collusion ?

— Le procès dure quelques années et, en 1942, la NACOM est disculpée par un tribunal fédéral de première instance, réglant, de son côté, la question de cartel.

— As-tu plus d'informations sur ce Bellon Junior ?

— La seule information que je possède, c'est que cette banque aurait toujours été derrière ALUSA et la NACOM. Sur le plan juridique, les actions appartiennent à la NACOM, quoiqu'elles pourraient aussi appartenir à ALUSA, qui les a émises. Il faudrait vérifier auprès de cette dernière et auprès de la T. C. Bellon Bank & Sons.

***

Philippe et l'oncle Charles babillent ainsi pendant quelques heures, le temps de vider la bouteille de vin.

Après s'être assurés que la voiture blanche ne rôde plus aux alentours, ils préparent les bagages afin d'être prêts pour le départ, aux petites heures du matin.

***

Le voyage de Montréal à New York dure huit heures, huit longues heures pour Philippe et Nathalie. Huit heures de colères mal dissimulées et entrecoupées de lourds silences. De querelles bâties sur de fausses perceptions, l'incertitude, l'inconnu, le doute, voire la jalousie.

La première escarmouche commence quand Isabella, en cours de route, demande innocemment à Philippe des nouvelles de celui qui l'a accompagné lors de son expédition au canyon.

— Quel ami ? demande Nathalie, d'un ton qui se veut détaché.

— Jean-François.

— C'est curieux. Jean-François a téléphoné à la maison, il y a quelques semaines. Il était chez ses parents, à Montréal, et il voulait savoir ce que tu faisais ces temps-ci. Comment peut-il être à deux endroits en même temps ?

— J'ai répondu Jean-François ? demande Philippe. Je me suis trompé. Je voulais parler de Marcel.

— Quel Marcel ?

— Tu ne le connais pas.

Nathalie a un pressentiment :

« Marcel ou Marcelle ? »

Les échanges sont vifs. Elle essaie finement de lui tirer les vers du nez. Rien n'y fait. Philippe résiste. Ses réponses sont parfois équivoques, d'autres fois, cinglantes.

Nathalie voit dans quel désarroi se débat son ami. Elle aussi, d'ailleurs. Depuis plusieurs semaines, depuis la cérémonie des diplômes, elle vit dans l'attente de le voir s'installer chez elle. Ses trois dernières années d'études au CIA lui ont paru une éternité. Elle le veut près de lui, elle veut vivre avec lui. Elle en a marre de s'endormir chaque soir avec ses rêves, sans le sentir tout près d'elle.

\*\*\*

Et puis... Elle croit le moment venu d'avoir un enfant avec Philippe. Elle a déjà abordé le sujet. Le moins que l'on puisse dire, c'est qu'il n'a pas débordé d'enthousiasme.

— Un enfant, oui. Cependant pas avant que j'aie un emploi assuré comme pilote d'hélico.

— Avec le nombre d'hélicoptères qui sillonnent le ciel québécois, autant dire que je devrai prendre mon mal en patience, avait-elle répondu.

Ils n'étaient jamais revenus sur le sujet depuis.

\*\*\*

Après le doute, c'est le silence. Elle réfléchit, les yeux fermés.

« Jean-François, Marcel, la méprise est trop facile. Y aurait-il une autre femme dans le décor ? »

C'est ainsi que Nathalie fait défiler, dans sa tête, toutes les femmes qu'elle a côtoyées lors de ses voyages à Chicoutimi.

« Celle-ci ? Non. Celle-là ? Peut-être. Ah ! J'oubliais cette chipie ; ce n'est pas son genre. Celle qui a étudié avec lui ? Trop petite et il n'aimait pas son odeur. L'ex-amie de Jean-François, l'étudiante en pédagogie ? Peut-être. Je l'ai toujours vue tourner autour de lui. Une effrontée. Je ne l'aime pas, celle-là. Et cette grande femme au teint foncé qui dansait tout près de nous, au bal de la remise des diplômes ? Cette grande noire... Son genre. Oui, c'est son genre ! »

Elle a deux pistes en tête qu'il lui faut tester.

— Comment s'appelle cette fille qui a téléphoné à ton oncle hier soir ?

— Manuela, répond fièrement l'oncle.

Nathalie regarde Philippe avec insistance. Il ne répond pas, préférant s'emmurer dans son silence.

Les deux sont au bord de l'échauffourée. Nathalie qui se construit une histoire basée sur des impressions qu'elle veut vérifier et lui qui reste coi.

Elle ne jette pas la serviette pour autant. Impulsive et curieuse, elle veut en savoir davantage sur les femmes qui hantent son univers.

— Et cette ex-amie de Jean-François, étudie-t-elle toujours à l'université ?

— Je pense.

Philippe a répondu rapidement, comme pour détourner la conversation au sujet de Manuela. Il n'a pas peur d'aborder ce sujet avec Nathalie, mais le moment ne s'y prête pas. Et puis, il ne voit pas nécessairement de problème dans ses relations avec Nathalie et Manuela. Il ne passerait pas toute sa vie avec cette dernière ; cependant, il ne peut oublier les moments qu'ils ont vécus ensemble.

Il aime Nathalie, cela ne fait aucun doute. « Nathalie, c'est mon port d'attache. C'est avec elle que je rêve d'avenir. C'est avec elle que je voyage. Nathalie, c'est le calme, le calme de la mer, le calme du coucher de soleil sur l'océan ! » Aux périodes de tranquillité suivent celles de l'aventure et de la recherche d'émotions fortes : s'enivrer aux commandes d'un hélico, se laisser aller entre les mains expertes de Manuela.

Sortant de son rêve, il s'empresse d'ajouter :

— Il n'y a rien entre elle et moi, si c'est ce que tu cherches à savoir.

— Et avec cette Manuela ?

Philippe ne répond pas. Son regard se perd dans la route qui défile devant lui. Nathalie, rongée par la jalousie, le foudroie du regard. Elle se croise les bras, se renfrogne dans son coin. Elle bout de colère. Elle le connaît, il ne parlera pas. Pour elle, son silence constitue un aveu.

\*\*\*

Philippe réfléchit aux cartes de tarot qui défilent une à une dans son esprit. Malgré ses préjugés sur ces sciences dites occultes, il constate que les cartes l'aident à se comprendre.

« Je vis une période troublée et exaltante. Je fais l'amour avec deux femmes. Je découvre un hydravion. Je possède un trésor... sur papier. Bien sûr, le bonheur ne vient pas si facilement. Il est souvent accompagné d'épines qui s'appellent la jalousie, l'envie, la souffrance. »

« Puis, il y a ces cartes de tarot qu'on s'amuse à étaler sur mon passage. Passage... Passage... répète-t-il. Madame Germaine m'a parlé d'imagination active, de la possibilité d'atteindre la matière irrationnelle de mon inconscient personnel, d'accéder au royaume de l'inconscient collectif qui détermine mon comportement conscient. Que voulait-elle dire par ces mots ? »

« Serais-je en train d'effectuer ce passage

vers mon inconscient personnel ? J'ai toujours présenté l'image de quelqu'un de fort, sûr de lui, sûr de ce qu'il avance. N'est-ce pas là l'image de mon père ? Tous les deux, nous sommes grands, "bien bâtis" selon l'expression de ma mère. Un physique qui exprime l'assurance.

« Le sept de Bâtons m'annonce la passion qui me déséquilibre. Ma soi-disant assurance subit les assauts du sept de Bâtons. La passion, les sentiments, l'ambition me dévorent. Parfois, je ne pense qu'à moi. "Égocentrique", avait dit madame PMD.

« Cette carte de l'Empereur me heurte particulièrement. Quelqu'un me provoque en duel, veut me faire face. Quelqu'un qui me ressemble. Quelqu'un qui a mon assurance. Ne serais-je pas moi-même un Empereur qui a soif de pouvoir, qui court après la richesse et qui possède plusieurs femmes? Le six de Deniers, cette carte de la richesse et de la puissance m'apprend que je cours souvent après l'impossible.

« J'aime les défis "en solitaire". Muet comme une carpe, je garde mes projets pour moi seul. Même façon d'agir avec mes amis, avec Nathalie, avec Manuela. C'est comme si j'élevais un mur autour de moi pour que les autres ne puissent m'atteindre. Probablement une façon de me protéger. Il n'y a qu'avec l'oncle Charles que j'ouvre ma barricade. Il le sait. Il n'est jamais pris au dépourvu quand je lui parle des obstacles qui se présentent sur mon chemin. Il n'en est pas responsable. C'est probablement ce qui lui donne cette capacité de lire à travers ma muraille de protection.

« Et le six de Deniers ? Cette carte a été associée à la Princesse de Coupes, cette fille ambitieuse. Je n'arrive pas à comprendre cette carte. Qui est cette fille ambitieuse ? Qui est celle que je perçois comme telle ? En est-il ainsi parce qu'elle me fait peur ? Il y a quelques semaines, je croyais qu'il s'agissait de Manuela. Aujourd'hui, je pourrais parler aussi de Nathalie. En fait, je me demande si je ne suis pas en train de percevoir "la femme", qu'elle s'appelle Manuela, ou Nathalie, comme étant des Princesses de Coupes. Ambitieuses parce que princesses. Parce qu'elles veulent accéder à moi, sauter par-dessus la muraille qui protège mon château. Les femmes me font peur.

« Cette peur des femmes, ne serait-ce pas un des obstacles dont parlait madame PMD avec le sept de Coupes ? Des obstacles m'empêchant d'avoir accès à des besoins profonds comme la sécurité et le besoin sexuel ? Quand elle m'a parlé de problèmes de couple, je n'y ai vu que le superficiel, que le symptôme. Comme le malentendu que nous vivons actuellement, Nathalie et moi.

« Et le Bateleur, le "mâle," comme le dit si

bien madame PMD ? N'est-ce pas encore moi avec ma muraille et qui empêche les femmes de me connaître ? Pourtant, madame PMD m'a réconforté quand elle m'a dit que c'était la carte qu'il me fallait pour passer au travers des obstacles. Il me faut du "Bateleur" pour affronter la "Princesse de Coupes" ! »

C'est ainsi qu'au fil des centaines de kilomètres de route, Philippe fait une autre rencontre, la rencontre avec lui-même. Une rencontre qu'il s'était toujours refusée. Quand l'occasion s'y prêtait, il changeait de trottoir. Or, il n'y a pas de trottoir dans le West de l'oncle Charles. Et la réalité, il doit l'affronter.

Il se sent soudainement plus calme, moins bouleversé. Cette réflexion n'a certes pas réglé ses problèmes sentimentaux, mais lui donne l'énergie nécessaire pour continuer son aventure en sol américain.

Et voilà que son imagination repart au galop, à la conquête de l'ouest américain, à la recherche de pépites d'or. Le rêve américain...

« Des hommes et des femmes venus de tous les coins du monde à la recherche du rêve américain. L'égalité pour tous, la richesse à la portée de la main... Le rêve américain... Est-ce vraiment tout cela qui m'intéresse ? C'est l'aventure que je recherche, le besoin d'aller au-delà de mes forces, de foncer dans l'inconnu. Le rêve américain... »

Et il s'endort d'un sommeil profond qui le conduit à son « inconscient collectif ».

## Chapitre 8

Fidèles à leur habitude quand ils vont à New York, l'oncle Charles et Isabella descendent au Halfway Inn, situé au coin de la 42$^e$ et de la 10$^e$, un hôtel propre, tranquille et pratique. Tranquille parce que situé juste en face d'un commissariat de police. Pratique parce que l'oncle peut garer son West dans un stationnement intérieur surveillé.

Une fois les formalités terminées, chaque couple se retire dans sa chambre après s'être donné rendez-vous le lendemain, au petit-déjeuner.

\*\*\*

En arrivant dans la chambre, Philippe allume la télé. Quant à Nathalie, elle se prépare pour la nuit. De la salle de bains, elle lance à Philippe :

— Qu'est-ce que tu en penses si, demain, j'en profitais pour regarnir ma garde-robe de sous-vêtements, disons... noirs et affriolants ?

Après les difficiles moments vécus entre Montréal et New York, elle éprouve le besoin de se rapprocher de son homme.

— Affriolants ? C'est une nouvelle marque de sous-vêtements ?

Quelques minutes plus tard, elle sort de la salle de bains, le sourire aux lèvres, vêtue de sous-vêtements noirs « affriolants ».

— Surprise !

— Pour employer une expression populaire, je viens de me faire prendre les culottes à terre !

Nathalie s'approche lentement en faisant rouler ses hanches, à la manière des vedettes de cinéma américaines. Ses vêtements contrastent singulièrement avec sa peau blanche. Un contraste qui augmente le plaisir de Philippe.

— Suis-je excitante avec mes jarretelles ? Et mon soutien-gorge ? Comment trouves-tu les dentelles ?

— Crois-tu que ce sont les dentelles qui m'intéressent ? ciel penché !

— Ah ! je reconnais ta forte propension pour le romantisme.

— Hum ! Tu sens bon. Approche un peu.

Il laisse traîner son nez sur ses épaules nues, puis il l'embrasse délicatement dans le cou et les oreilles. Nathalie frissonne et laisse échapper de petits gloussements de plaisir. Il continue à l'embrasser en descendant vers les seins. Il écarte légèrement la dentelle, à la recherche du mamelon qu'il pince légèrement avec ses dents. Avec sa langue, il fait plusieurs fois le tour, s'arrête et recommence à l'inverse. Puis, il passe à l'autre.

Nathalie lui suggère de se déshabiller, après avoir ouvert une bouteille de vin blanc, bien sûr.

— À notre amour, dit-il, en levant son verre.

— À notre amour. Je t'aime.

— Je t'aime également très fort.

— Aimes-tu une autre fille autant que moi ou plus fort que moi ?

Nathalie va de nouveau à la pêche. La récente escarmouche dans le West de l'oncle Charles l'a laissée sur sa faim. Elle veut savoir. Elle a besoin d'être rassurée.

— Tu es la seule femme que j'aime le plus au monde.

Et, comme s'il voulait se garder une porte de sortie, il ajoute :

— J'aime aussi toutes les autres femmes, néanmoins d'un amour différent.

— Manuela est-elle dans cette catégorie ?

— Manuela est la compagne de Jean-François.

Elle se penche et l'embrasse, mêlant sa langue à la sienne, ne s'arrêtant que pour reprendre son souffle.

— Je t'aime. Je t'aime. Je t'aime. Je veux être la seule à t'aimer. Je veux que tu sois le seul à m'aimer.

Elle dit toutes ses phrases de façon saccadée, tout en l'embrassant, une main autour de son cou et l'autre tenant le verre de vin... à la renverse !

— Couvre-moi de baisers, partout, partout.

Ils déposent leur verre sur la table et se laissent tomber sur le lit.

Philippe s'exécute avec art, prenant exemple sur les caresses de Manuela. Deux femmes, deux manières d'aimer. L'une est entreprenante, audacieuse, sensuelle. L'autre est amoureuse, sentimentale, passive. Philippe aime ces deux façons de faire l'amour. S'abandonner et séduire. Se laisser prendre et conquérir.

Il a toujours aimé jouer avec la toison d'or de Nathalie qui fait un triangle parfait dont la pointe indique clairement l'entrée du canyon, juste à la jonction des deux cuisses. Une toison épaisse, chevelue, avec des poils soyeux.

— Je suis fasciné par ce mot « canyon ». Au sens réel et au figuré. Je sais maintenant que, peu importe le sens qu'on lui donne, j'y trouverai un trésor.

Il fait le tour de la toison comme pour en mesurer l'épaisseur et la texture. Tout en caressant les poils, il laisse sa main vagabonder un peu plus bas pour vérifier le degré d'humidité de la caverne. Ce qui fait sursauter Nathalie lorsqu'il effleure son clitoris.

Il remonte alors vers sa bouche et lui renouvelle pour la vingtième fois son amour. Il repart vers le triangle des Bermudes en passant entre les monts Valin. Combien de personnes sont disparues dans la mer des passions en voulant naviguer dans ce triangle de feu ?

Il descend plus bas, vers la crevasse mystérieuse, y plonge sa langue, la laisse glisser vers le haut, à la recherche du Graal. Il le trouve, si petit, si obéissant. À chaque offensive, Nathalie réagit promptement. Philippe ne veut toutefois pas épuiser ses munitions. Aussi repart-il à la conquête de son corps tout en lui susurrant des mots d'amour.

— Quand j'explore chaque partie de ton être, c'est comme si je me promenais dans un étal de fleurs, c'est comme si j'allais découvrir, à chaque fois, un monde que je ne connais pas.

Et, il repart effectivement à la découverte de son monde. Celui des montagnes. De la mer. Des cavernes. Il repart à la conquête du Graal, se repose, change de continent et se met en route vers les Rocheuses.

— T'ai-je déjà dit que tu as les plus belles fesses au monde ? Ni trop plates ni trop bombées, elles s'harmonisent à ton corps. J'aime en faire le tour, saluer ton clitoris en passant, parfois glisser mon doigt et descendre le long de ton canyon.

Couché sur le côté, il la caresse, laissant traîner ses doigts là où son plaisir l'amène. Nathalie, pendant ce temps, s'empare de son obélisque et lui imprime des mouvements de va-et-vient qui l'incitent à passer à l'attaque.

Il retourne Nathalie sur le dos et, avec précision, glisse au fond du ravin. Nathalie soulève un peu ses jambes pour mieux le sentir en elle. Pendant qu'elle caresse son clitoris, il monte et descend ce mystérieux canyon où les sons amoureux ont remplacé le bruit de la rivière et le chant des oiseaux.

*\*\**

Assis sur le lit, verre de vin à la main, ils rêvent aux nombreux voyages qu'ils pourront effectuer grâce aux millions qu'ils vont récupérer des actions.

— Quels pays aimerais-tu visiter en premier ?

— J'irai d'abord là où il fait chaud à l'année, dans des pays comme le Mexique, en Amérique centrale ou en Amérique du Sud. Le Costa Rica, par exemple. Certains disent que c'est un paradis d'une beauté exceptionnelle. L'oncle Charles m'a raconté l'histoire de l'un de ses concitoyens qui s'y est établi depuis une dizaine d'années. Chaque fois qu'il revenait au pays, il vendait des parcelles de terrain qu'il avait acquises, on ne sait comment. Tout le monde se méfiait, à tort. Il est mort dans un accident d'avion qui s'est écrasé sur l'un des nombreux volcans qu'on retrouve dans ce pays.

— Crois-tu que je pourrais travailler comme infirmière au Costa Rica ou ailleurs ?

— Pourquoi travailler avec nos millions de dollars ?

— Je rêve depuis mon enfance de travailler dans un pays qui aurait besoin d'infirmières. Ton argent va nous aider à réaliser ce rêve.

D'ailleurs, n'avais-tu pas l'intention de t'acheter un hélicoptère et de vivre la même expérience que moi ?

— Exactement. Et pas n'importe lequel, un Bell 407, assez gros pour transporter des marchandises et des gens. Finis les recherches d'emploi et les voyages d'un bout à l'autre du Québec à rencontrer les compagnies d'aviation, à vanter mon habileté, à décrire ma disponibilité. J'aurai assez d'argent pour me payer un hélico, des pièces, du carburant à volonté et même un mécanicien permanent à mon service.

— Sais-tu ce que j'aimerais avoir ? Un tout petit hôpital qu'on pourrait déménager selon les besoins de la population. Est-ce réaliste ?

— Tout est réaliste avec de l'argent. Les Américains, chez qui nous sommes, en sont l'exemple le plus évident.

— L'argent... C'est vrai qu'avec de l'argent, on peut acheter n'importe quoi ! Moi, je t'aime pour tes qualités, ton idéal, tes folies. Sûrement pas pour ton argent. Je t'aimais avant que tu découvres ton trésor. Je t'aime aujourd'hui et je t'aimerai peu importe l'issue de tes recherches.

— C'est demain que nous serons enfin fixés sur notre sort.

\*\*\*

Dès midi, après le petit-déjeuner, le groupe

se rassemble dans le hall de l'hôtel. L'oncle Charles distribue les tâches.

— Pendant que Philippe ira à la New York Public Library faire des recherches sur le banquier Bellon, moi, j'irai faire un tour au siège social de ALUSA, à l'Empire State Building, question de vérifier les origines de la NACOM.

— Ce programme te plaît-il, Philippe ?

— Dix sur dix.

— Et nous ? On ne fait pas partie de votre programme ? dit Nathalie avec une pointe d'ironie à peine voilée.

— Affaires d'hommes, hommes d'affaires, réplique l'oncle.

— Laisse tomber, lance Isabella, il veut nous faire marcher. Je le connais. Il aime faire son macho de temps en temps pour me tirer la langue. Moi aussi, j'ai un programme à te suggérer. Commençons par le Musée d'Art moderne. Après nous irons magasiner chez Macy's.

— Donnons-nous rendez-vous devant l'Empire State Building à 16 heures pour l'apéro. D'accord tout le monde ?

— D'accord.

\*\*\*

Comme prévu, le quatuor se retrouve devant l'Empire State Building, à l'heure indiquée.

On décide de prendre l'apéro sur une terrasse.

Après avoir commandé le vin, l'oncle Charles demande à Philippe s'il a trouvé des informations intéressantes.

— J'ai fait deux découvertes exceptionnelles : la New York Public Library et un livre sur les Bellon. Saviez-vous que cette bibliothèque a été construite en 1895 ? Elle occupe un immense édifice de style Renaissance. À l'entrée, il y a deux gros lions qui s'appellent Prudence et Fortitude. On y retrouve 10 millions de livres et plus de 17 millions de manuscrits, cartes, enregistrements sonores. Je n'ai jamais vu autant de salles, d'escaliers et de couloirs démesurés où j'ai pu errer librement un bon moment. Heureusement que j'ai eu l'assistance d'une belle et gentille jeune dame pour me guider dans ce labyrinthe. Sans elle, je ne serais pas ici, à l'heure actuelle.

— Et la fille en question euh... le livre en question ? dit l'oncle en jetant un coup d'œil à Isabella et à Nathalie.

— Un livre écrit par Darvill Postoff, *The Bellon*. Postoff s'étend longuement sur le père Bellon, T. C. de son prénom. J'ai aussi appris comment les Bellon ont massivement investi dans l'aventure de ALUSA.

— Les Bellon et leur banque étaient effectivement derrière les pionniers de la première fonderie d'aluminium.

— Hall et Hunt avaient de la difficulté à vendre leurs premiers lingots. Le métal était peu connu et les coûts de production encore trop élevés. Acculés à la faillite, ils vont voir les banquiers Bellon et obtiennent sur-le-champ un prêt de quatre mille dollars. L'après-midi même, les deux fils du fondateur de la banque, Andrew et Richard, visitent la minuscule usine de Pittsburgh. Le lendemain, Andrew informe Hunt qu'il peut prêter plus que la somme demandée. Postoff ne précise pas si c'est par philanthropie ou par occasion d'affaires. Toujours est-il que c'est ainsi que commencent les fidèles relations financières entre les frères Bellon et ALUSA.

— Si j'étais une banque, je prêterais de l'argent pour le faire fructifier, dit le plus sérieusement du monde Isabella.

— Ce n'est pas dans une banque que tu places ton argent, mais, dans les grands magasins, rétorque l'oncle.

— Un très bon placement, ajoute Nathalie, en guise de solidarité avec Isabella.

— Au début de leurs relations d'affaires, les Bellon se contentent de prêter et de conseiller Hunt et Hall. Dans les années 1890, ils achètent quelques actions de la société et finissent par devenir les plus gros actionnaires. Ce qui est surprenant, c'est qu'ils n'exigent pas de gros dividendes.

— Surprenant, en effet. Généralement, les

banquiers font des placements qui rapportent, sinon...

— Pour te donner une idée de l'importance des Bellon dans le développement de la NACOM, voici un autre fait. En 1928, rappelons-nous, ça va très mal. C'est la grande déprime économique qui aboutira d'ailleurs à la fameuse journée du 24 octobre 1929 au cours de laquelle, après des années de hausses boursières spectaculaires, la panique gagne les investisseurs et les titres dégringolent de manière impressionnante. Ce que l'on a appelé le Krach de 1929. Si j'ai l'air savant quand je vous raconte tout cela, c'est que je l'ai lu cet après-midi dans le livre de Postoff.

— Donc, ça va mal en 1929. J'imagine que ça va mal aussi pour la NACOM ?

— En effet, la NACOM, nouvellement formée, rappelez-vous, n'a plus d'argent. Son conseil d'administration est obligé d'autoriser l'émission de 20 millions de dollars d'obligations au taux de 5 % avec échéance dans 20 ans.

— C'est quoi des obligations ? demande Nathalie, comme pour montrer qu'elle s'intéresse aux affaires de Philippe.

— Ce sont des titres négociables achetés par un individu ou des investisseurs et qui reçoivent, en retour, une prime – un intérêt – sur leur placement.

— C'est encore la banque des Bellon qui

aide à écouler cette émission. Toutefois, la crise perdure et les besoins en capital augmentent. En 1930, on lance une autre émission de 25 millions de dollars en actions privilégiées. Les Bellon, via une de leurs sociétés, la USA TRUST COMPANY, en achètent pour 13 millions de dollars. Comme tu peux le constater, les Bellon ne sont pas loin quand la NACOM et ALUSA ont besoin de capital. Ce n'est pas pour rien que, dans les milieux financiers, on surnomme ces deux firmes, les « sociétés Bellon ».

— Des langues de vipère, comme on dit par chez nous, précise Isabella.

— Pour prêter autant d'argent, les Bellon sont donc très riches ?

— En effet, les frères Bellon sont considérés à l'époque comme deux des hommes les plus riches d'Amérique.

Cette petite phrase produit beaucoup d'effet sur le groupe.

Tout le monde s'arrête de parler, chacun réfléchissant à l'immense fortune des Bellon qui se permettent de prêter des millions à des taux avantageux pendant les années difficiles.

L'oncle Charles brise la glace.

— Si je peux me permettre, j'aimerais faire une comparaison entre la situation des Bellon et celle des banques d'aujourd'hui. L'histoire se répète tout simplement. Aux débuts des années 80, nous avons vécu une crise économique semblable à celle de 1929. Elle a paru moins évidente parce que nous nous sommes donné, ces trente dernières années, des mesures sociales qui ont heureusement atténué les effets néfastes de la crise. C'est pour cette raison qu'elle n'a pas paru aussi destructive. Même aujourd'hui, nous vivons une autre crise encore plus sauvage avec l'endettement des gouvernements. Or, qu'est-ce qu'on observe ? Les banques font des profits faramineux et ne paient presque pas d'impôts. Elles contrôlent très bien le capital.

Philippe regarde son oncle qui est en train de faire dévier la discussion sur l'influence des banques. Il n'a pas le goût de continuer sur cette veine. Il se dépêche de sortir une photocopie de sa poche.

— Regarde ici, il est écrit que l'un des deux fils, Richard, meurt en 1933.

— Richard a-t-il des descendants ?

— Je répondrai à cette question plus tard.

— Tu nous fais languir, mon neveu.

— Et l'autre ? demande Isabella.

— Le dernier vivant disparaîtra, si l'on en croit l'article du *Progrès*, le 26 août 1937, dans un accident d'hydravion. Mais, avant d'en arriver là, je veux vous apporter une autre preuve que l'hydravion que j'ai retrouvé pourrait fort bien appartenir au banquier.

Philippe déplie, sur la table, entre les coupes de vin, une deuxième photocopie.

— Andrew Bellon était un passionné de politique.

— Il n'y a rien de surprenant. Aux États-Unis, quand un homme d'affaires a réussi, la dernière étape qu'il lui reste à franchir, c'est la politique. Les Bellon ne font pas exception à ce qui me semble être une coutume dans ce pays.

— Comme cela, je ne t'apprendrai rien, oncle Charles, si je te raconte qu'Andrew Bellon, le plus grand banquier et industriel de Pittsburgh, était un membre actif du parti des Républicains, le G. O. P., le Grand Old Party. Regarde ce qui est écrit à ce propos. Je t'en fais une traduction libre :

*Andrew Bellon a été Secrétaire au Trésor du temps des présidents Harding, Coolidge et Hoover, de 1921 à 1932. Beaucoup le disaient le « plus grand Secrétaire au Trésor depuis Alexander Hamilton ». Ce héros du monde des affaires et des Républicains pendant le boom des années 20, qui diminua les impôts et la dette nationale, devint la cible des Démocrates de Roosevelt et du New Deal, surtout après le Krach de 1929. Déjà, en 1926, Roosevelt appelait Bellon le « cerveau des malfaiteurs opulents ».*

— Comme c'est curieux. Je m'intéresse à la présente campagne électorale américaine et j'ai l'impression d'assister à du déjà-vu. Des milliardaires se présentent comme candidats avec un programme comprenant la diminution de la dette nationale et des impôts.

— En 1931, Bellon fut accusé par le Congrès américain d'avoir produit des déclarations d'impôt frauduleuses. Toutefois, les comptables du gouvernement le disculpèrent. Malgré tout, les insinuations ont continué en dépit de l'insistance de Bellon qui voulait que le gouvernement lui intente un procès ou fasse cesser la campagne diffamatoire contre lui. En mars 1934, le ministre de la Justice, se rendant à la demande de Bellon, annonça qu'un certain nombre de cas fiscaux, y compris celui de Bellon, allaient être soumis à un jury d'accusation. Après avoir dûment examiné les preuves contre Bellon, le jury d'accusation ne retint aucune accusation contre le banquier. Postoff note que, dans ses mémoires, Herbert Hoover qualifia les poursuites contre Bellon de « laide tache à la décence de la démocratie ». Bellon les traita « de politique de la pire espèce ». Les journaux applaudirent l'acquittement de Bellon qu'ils virent comme une victoire de la démocratie.

— Ah ! la grande misère des gens riches et célèbres !

— Levons nos verres à la mémoire de ces pauvres gens qu'on ose accuser parce qu'ils ne possèdent que quelques petits milliards de dollars.

Sur ce, l'oncle Charles fait signe au garçon pour qu'il apporte une autre bouteille.

— Comment finit l'histoire du politicien Bellon, Philippe ?

— Andrew Bellon n'est pas au bout de ses peines. L'Internal Revenue Service, c'est ainsi qu'on appelle le fisc américain, persévère dans ses accusations, y compris celle de la fraude fiscale. En février 1935, un procès, qui devait durer quatre mois, commence devant un Board of Tax Appeals (Commission d'appels fiscaux) composé de 15 jurés qui passent au crible les transactions commerciales et l'application de la loi sur l'impôt. L'un des faits saillants est la déposition de Bellon sur le prix des œuvres d'art magnifiques dont il fait don à la Nation et qui doivent être conservées à la National Gallery of Art de Washington. La commission rogatoire confirme la légitimité des dépositions des comptables fiscaux de Bellon. Il n'y a pas eu fraude, à l'exception d'un point technique où Bellon doit payer un misérable quatre cent mille dollars.

— Oh ! le pauvre ! Il donne des œuvres d'art et on le fait payer en plus !

— Postoff raconte que le président Roosevelt accepte le don des œuvres pour la Gallery lors d'un thé avec Bellon alors que le procès est en cours. La construction du musée a coûté 16 millions de dollars. La collection que Bellon a réunie au cours de nombreuses années est estimée à 32 millions environ. Quelques-uns de ses amis tentent de le faire revenir sur sa décision. Il aurait répondu: « Ces œuvres iront à la National Gallery of Art de Washington. Un jour, les dirigeants actuels de Washington seront morts et moi aussi, mais la National Gallery sera là et le pays a besoin de ces œuvres. » Le plus important est écrit ici : « Andrew Bellon disparut au Québec le 26 août 1937, à 82 ans, quatre mois après le début des poursuites du gouvernement américain contre les "sociétés Bellon", ALUSA et la NACOM, accusées de monopole. »

***

— Maintenant, peux-tu répondre à ma question : les frères Bellon avaient-ils des descendants ? insiste Isabella.

— Devinez ?

— Je suppose que oui, risque Isabella.

— Eh bien ! Non. Postoff écrit qu'on ne leur connaît aucun descendant légitime ou illégitime.

— Qui a hérité de sa fortune, alors ?

— Andrew Bellon a tellement rencontré de difficultés avec l'impôt et ses adversaires politiques qu'il décide de donner la plus grande partie de sa fortune à la fondation mise sur pied par son père, la Bellon & Sons Foundation.

— Il a donc légué toute sa fortune à cette Fondation ?

— Postoff n'est pas trop explicite sur ce point. Il emploie l'expression « la plus grande partie de sa fortune ».

— Voici un fait que nous devons clarifier.

\*\*\*

Cette conclusion marque une pause dans les discussions. Chacun lève sa coupe de vin et déguste avec satisfaction cette cuvée de Californie, fraîchement servie.

L'oncle Charles continue :

— Je n'ai pas eu besoin d'aller loin pour obtenir des informations sur ALUSA. Ses bureaux sont situés juste ici, dans l'Empire State Building. Un haut responsable a confirmé l'histoire des origines de ALUSA et de la NACOM.

Pour prouver ses avancés, il m'a donné une photocopie d'un document officiel détenu par le Service des archives de sa compagnie.

L'oncle Charles leur montre une photocopie d'une résolution adoptée par le Conseil d'administration de ALUSA.

*Aluminum Company of USA, a Pennsylvania corporation, in exchange for 490,875 shares without nominal or par value of capital stock of NACOM, being all of the outstanding shares of the capital stock of NACOM (with the possible exception of shares of incorporators or directors not exceeding, in the aggregate, 100 shares) does hereby assign and transfer unto NACOM all the shares of Stock owned by Aluminum*

*Company of USA in certain corporations as set forth on the schedule hereto attached and marked "Exhibit 1". In the event that any additionnal assignments, transfers or other instruments may be reasonably required by NACOM in order to vest the title to, and ownership of, said shares of stock in NACOM or its representatives, Aluminum Company of USA will execute and deliver such additionnal assignments, transfers and other instruments on request of NACOM.*

*IN WITNESS WHEREOF Aluminum Company of USA has caused this instrument to be executed by one of its Vice Presidents and its corporate seal to be hereto affixed, attested by its Secretary this 4th day of June, 1928.*

— Y aurait-il un brave, à cette table, pour nous traduire ce document ?

— Je vous en fais un résumé, s'empresse de répondre l'oncle Charles. L'Aluminum Company of USA, une compagnie de Pennsylvanie, en échange de 490 870 actions sans valeur nominale de la NACOM, ce qui comprend tout son capital actions courant (à l'exception possible d'actions détenues par les fondateurs ou directeurs n'excédant pas cent actions), par les présentes, cède et transfère à la NACOM tout le bloc d'actions appartenant à ALUSA dans certaines compagnies mentionnées dans l'Exhibit 1. Si des cessions additionnelles, des transferts ou autres outils étaient raisonnablement requis par la NACOM pour investir, ils seront délivrés par ALUSA, sur demande de la NACOM.

— Voilà un document à verser à notre dossier sur la création de la NACOM.

— Il confirme, en effet, des informations déjà données par mon ami. Il démontre aussi l'étonnante promiscuité entre les deux entreprises.

— As-tu appris autre chose ? demande Philippe.

— Rien qui vaille ! Quoique, à bien y penser, il y a un souvenir qui me revient à la mémoire. Rappelle-toi le médaillon que tu as trouvé dans l'hydravion. C'est gravé : USATS 0062. Bellon a déjà été Secrétaire au Trésor. Alors ?

— Alors quoi ? dit Isabella.

— Je crois que je viens de trouver l'énigme des deux dernières lettres « TS », Secrétaire au Trésor pour Treasory Secretary. Voilà !

— Tu commences à fabuler, mon Charles.

— Pas du tout. Je suis en train d'attacher les ficelles ensemble, voilà tout.

— C'est ce que je constate. Et elles nous mènent où, tes ficelles ?

— À Pittsburgh, au siège social de la Bellon Bank. Que diriez-vous d'une petite balade à Pittsburgh ? lance l'oncle Charles.

— Comment, Pittsburgh ?

Philippe fait la moue, comme si toute cette histoire commençait à l'ennuyer. Il se sent tout à coup légèrement tristounet. Peut-être à cause du vin.

— Je ne suis pas sûr de vouloir vous suivre. Depuis que j'ai découvert cet hydravion, il m'arrive toutes sortes d'incidents bizarres. À chaque fois que j'arrive près du but, il s'éloigne. De Montréal, on se retrouve à New York. De New York, on veut aller à Pittsburgh. Après Pittsburgh, ce sera où ?

— Si tu ne vas pas jusqu'au bout, tu vas regretter ta décision, alors que la fin approche. Termine ce que tu as commencé.

— Et, toi, Nathalie, qu'en penses-tu ?

— Je suis d'accord avec ton oncle et ta tante. Tu t'es lancé à corps perdu dans une aventure et tu ne peux pas abandonner en cours de route. Ça ne te ressemble pas. Profitons de ces courtes vacances. Et puis, je ne connais pas Pittsburgh. Où est située cette ville ?

— En Pennsylvanie, à environ trois cents kilomètres à l'ouest d'ici.

— Si nous partons demain matin, de bonne heure, nous y serons vers midi.

Au fond de lui-même, Philippe s'était rapidement laissé convaincre d'aller à Pittsburgh lorsqu'il s'était rappelé les cartes de l'Empereur, du six de Deniers et du Bateleur.

« Un Empereur n'abandonne pas la partie aussi facilement. Au contraire, il cherche à agrandir son empire. Il reconnaît qu'il est ambitieux. Aussi, ce ne sont pas les obstacles qui vont arrêter sa course. »

## Chapitre 9

Pittsburgh. Une ville industrielle, comme on en trouve des centaines aux États-Unis. Une ville qui a connu le déclin économique et qui cherche à se donner une nouvelle vocation industrielle depuis quelques années.

— Savez-vous que Pittsburgh est traversée par trois rivières ? dit Isabella, les yeux rivés au dépliant touristique. Ce sont les rivières Ohio, Monongahela et Allegheni. Nous longeons actuellement la rivière Monongahela.

En délaissant l'Interstate 76, le West avait emprunté la route 30 qui mène au centre-ville.

Leur destination : Grant Street où l'on retrouve, en plus du siège social de la Bellon Bank, ceux de USX, Heinz, Alcoa, Westinghouse et plusieurs autres grandes compagnies.

Ils flânent dans le centre-ville jusqu'à 14 heures, puis se dirigent vers la Bellon Bank.

\*\*\*

Contrairement à ce qui s'était passé à New York où ils s'étaient réparti les tâches, le quatuor décide de faire les démarches ensemble.

Après s'être informés où est situé le Service aux actionnaires, ils signent tous le registre des entrées et des sorties, puis prennent l'ascenseur jusqu'au 10$^e$ étage.

L'oncle Charles est le premier à se cogner le nez contre une porte capitonnée. Avec son accent qui fait rigoler Isabella, il demande si la banque appartient toujours à la famille Bellon. Il s'agit d'une phrase d'introduction, car il connaît déjà la réponse. Comme pour briser la glace. Il se fait effectivement répondre que les Bellon sont disparus du décor depuis fort longtemps.

— Ils ont légué toute leur fortune à une Fondation de Pittsburgh, la Bellon & Sons Foundation. Cette Fondation possède une grande partie du capital-action de la Bellon Bank, lui précise le responsable de l'information, dans un anglais à l'accent *british*. La Bellon Bank, vous savez, est le résultat d'une longue tradition qui a pris racine dans la communauté. Si vous lisez attentivement le document de présentation de notre banque, vous en apprendrez beaucoup sur son histoire. Vous apprendrez, par exemple, que c'est T. C. Bellon, un juge à la retraite, originaire d'un coin de cet État appelé paradoxalement Poverty Point, qui a fondé sa banque en 1869. L'histoire nous raconte aussi qu'au même moment, Henry Heinz, avec son cheval et sa charrette, vendait de porte en porte des petits plats préparés par sa femme. Ça vous dit quelque chose, Heinz ? Le ketchup Heinz ?

Sourires obligés de l'oncle qui lui fait signe de continuer.

— La Bellon Bank a été la première banque à acheter un ordinateur, appelé « Electronic Brain ». Ce dinosaure pesait deux tonnes et demie et occupait toute une grande pièce. Devinez quelle était sa capacité ? Eh oui ! la même que celle des calculatrices de poche d'aujourd'hui. La banque a été la première à automatiser ses succursales en y introduisant des guichets automatisés. Mine de rien, après plusieurs fusions avec d'autres institutions financières, les revenus de cette banque frôlent aujourd'hui les trois milliards de dollars.

Sifflements de Philippe qui en profite pour s'avancer et sortir de sa poche le certificat d'actions original. Le type l'examine soigneusement, s'excuse, va dans un autre bureau, en revient – sans le certificat – et lui demande de le suivre. On le promène dans des bureaux feutrés, ornés de très belles boiseries et de luxueux fauteuils en cuir brun acajou. Sur les murs, de grands portraits, sûrement les fondateurs de la banque. Ils entrent dans le bureau du *General Secretary*, responsable du *Shareholder Department*.

L'homme tient le certificat dans ses mains.

— *Where did you find it ?*
— *I found it somewhere.*

— Surprenant ! La Bellon & Sons Foundation a hérité de tous les titres de T. C. Bellon et de ses fils. Êtes-vous sûr qu'il ne provient pas du fonds de la Fondation ?

— Impossible, répond Philippe, sûr de lui-même.

— Alors, je vous conseille de vous adresser aux autorités de la Bellon & Sons Foundation pour avoir des informations supplémentaires. D'après moi, il fait partie de ce fonds. La Fondation me l'a confirmé lorsque j'ai communiqué avec elle, il y a quelques semaines. Une compagnie de Tucson en Arizona effectuait des recherches et...

Il s'arrête tout à coup de parler, car il vient d'établir un lien entre le téléphone de Recherche-Actions et la présence de Philippe.

En sortant des bureaux feutrés du *General Secretary*, Philippe s'empresse de rejoindre ses compagnons de voyage et leur raconte cet épisode en essayant d'imiter le businessman.

— *Wonderfull, the Bellon & Sons Foundation inherited all fortune of T. C. Bellon and his sons*, se moque-t-il en prenant une voix un peu nasillarde aux accents *british*. C'est le premier indice que vient de nous donner le *General Secretary*. J'en conclus que la banque n'a pas hérité de TOUS les titres.

— Et le deuxième indice ?

— La Bellon & Sons Foundation est au courant de nos démarches. Le *General Secretary* leur en a parlé.

— Alors, si cette Fondation est déjà au courant de nos démarches, allons-y. On risque d'en apprendre un peu plus.

\*\*\*

Les bureaux de la Bellon & Sons Foundation ne manquent pas de charme. Ils sont situés dans un superbe édifice de verre rosé sur une montagne qui surplombe la rivière Ohio, dominant une partie du paysage de Pittsburgh.

— Cette Fondation doit être très riche pour avoir de tels bureaux. Il est facile de voir où vont les millions de profits de la Bellon Bank, glisse l'oncle Charles.

— Ouais... dans ses poches plutôt que dans les miennes, complète Philippe.

En arrivant au Service des affaires corporatives de la Fondation, Philippe demande à parler au Directeur. Ce dernier n'est malheureusement pas disponible. Qu'importe ! Comme il l'avait fait une heure auparavant, il utilise le même stratagème.

Il sort de sa poche le certificat d'actions et demande s'il est authentique. La jeune femme le regarde attentivement et, après quelques secondes, dit :

— Attendez-moi ici. Je vais m'informer.

Elle revient plusieurs minutes plus tard pour lui dire que ce certificat est un faux.

Philippe a beau lui expliquer que c'est un original, la jeune femme maintient sa version.

— La seule démarche qu'il nous reste est de faire clarifier cette situation par des spécialistes, claironne l'oncle Charles.

— Nous aurions dû commencer de cette façon plutôt que de faire le tour des États-Unis, soupire Isabella.

L'oncle Charles s'apprête à lui répliquer, mais il se retient. Il est fatigué et c'est souvent de cette façon, à partir d'une phrase anodine lancée par Isabella, qu'une prise de bec débute. « Donc, se dit-il, prière de m'abstenir ! »

— On repart pour le Québec.

***

Ils prennent l'ascenseur pour se rendre au stationnement de la Fondation, situé au troisième sous-sol. Arrivé au West, l'oncle Charles remarque que le plafonnier est allumé. En approchant de plus près, il constate que la portière du côté du passager est entrouverte.

— Nous avons été cambriolés ! crie-t-il, en s'élançant vers le West.

Il ouvre toutes les portes. On fouille. On cherche. On examine. On essaie de se rappeler. Il semble que rien n'ait été dérobé.

— Les voleurs ont probablement été pris sur le fait et se sont enfuis quand ils nous ont vus.

— Heureusement que nous sommes arrivés à temps, ciel penché !

L'oncle Charles s'installe au volant et qu'est-ce qu'il aperçoit sur le tableau de bord ? Une carte de tarot.

— Oh ! Oh ! Nous étions attendus. On nous a laissé une carte de visite.

— Tiens, il y en a une aussi sur le siège arrière, dit Philippe, alors qu'il se prépare à prendre place.

Philippe et l'oncle Charles jettent un coup d'œil sur le stationnement à la recherche d'indices. Deux fois plutôt qu'une. Rien.

Le groupe décide de s'en aller, ne trouvant pas de raison suffisante pour porter officiellement plainte. En sortant du stationnement, Philippe lance un cri.

— Regardez là-bas, à gauche, la voiture blanche qu'on avait repérée tout près de mon appart.

L'oncle Charles applique aussitôt les freins. La pédale va au fond. Les freins ne répondent plus. Il essaie plusieurs fois. Ça ne fonctionne pas plus. Le West amorce la descente d'une longue côte. Il roule de plus en plus vite. Et, comme la route est sinueuse, il tangue dangereusement, menaçant à chaque fois de renverser. Tous les passagers ont le visage blême et l'estomac noué par la peur.

— Vite, le frein à main, lance Philippe, brisant inopinément le lourd silence.

De peine et de misère, l'oncle Charles réussit enfin à immobiliser le véhicule dans une haie qui borde la route.

Au même moment, la voiture blanche passe à toute vitesse près d'eux et disparaît vers le centre-ville.

Les quatre passagers, secoués, sortent du West, chacun essayant de trouver une explication à ce qui se passe. L'oncle Charles se penche et regarde sous le véhicule. Quelques gouttes d'huile traînent sur la chaussée.

Pensif, il demande à Philippe de l'accompagner là où il était stationné quelques minutes auparavant.

Comme il s'y attendait, il trouve une grande flaque d'huile.

— Allons examiner les conduits de freins.

Les deux hommes roulent sous le véhicule et vérifient tous les tuyaux menant aux deux roues arrière. Les conduits ont en effet été sectionnés.

— Nous devons faire remorquer le véhicule, mesdames. Nous venons d'être victimes d'un acte de sabotage...

— Par nul autre que les occupants louches de cette voiture...

— Immatriculée en Pennsylvanie...

— Et se trouvant curieusement sur les terrains de la Bellon & Sons Foundation.

Tout le monde est énervé, chacun voulant parler plus rapidement que l'autre. Finalement, on s'entend pour alerter immédiatement le Service de police. Le retour à Montréal, prévu pour la journée même, attendra. Pas question de jouer avec la vie des passagers !

Philippe retourne à l'édifice de la Fondation et va directement au bureau de la sécurité. Après en avoir fait la description, il demande à l'agent s'il a déjà vu le véhicule en question.

Après une brève hésitation, l'agent de sécurité dément catégoriquement avoir déjà vu ce véhicule. Mais Philippe n'est pas dupe. Il doute de la sincérité de son interlocuteur. Quoi qu'il en soit, il téléphone à la police qui arrive une demi-heure plus tard. Philippe reprend la même histoire. Le policier prend des notes avec un sourire comme s'il ne croyait pas ce qu'on lui racontait. En terminant, il dit qu'il va transmettre son procès-verbal à un collègue détective et qu'en attendant, il va s'occuper du remorquage du West à un garage Volkswagen, situé tout près.

\*\*\*

— Quel message veut-on nous envoyer avec cet acte de sabotage ? demande Philippe dans la salle d'attente du concessionnaire automobile.

— Poser la question, c'est y répondre, commence par dire Isabella. Ces individus veulent nous décourager de poursuivre nos recherches. Et ils agissent ainsi parce qu'ils savent des choses que nous ignorons. Quoi ?

— Une partie de la réponse se trouve peut-être dans les cartes, lance Nathalie. J'ai avec moi un livre qui traite du tarot. Je pourrais retrouver les deux cartes et lire ce qu'on en dit.

— Je ne crois pas tellement à ces histoires de ma grand-mère, réplique l'oncle Charles, toujours incrédule quand il est question de phénomènes paranormaux et d'ésotérisme.

— Ça vaut la peine d'essayer, dit Philippe qui sent le besoin d'appuyer son amie.

— Voyons d'abord le nom de ces deux cartes. Oh là là ! C'est loin d'être rigolo ! Elles représentent le Diable et la Lune.

— Le diable dans la lune ou la lune chez le diable, à moins que ce ne soit « Au diable la lune ! » ricane l'oncle Charles.

— Ce sont deux cartes très importantes, des cartes des Arcanes majeurs. Selon l'auteur, le Diable est la carte la plus importante du tarot.

— Ces cartes sont mystérieuses, marmonne Isabella qui les examine minutieusement. Celle du Diable, par exemple, est bizarre. Un homme, le torse nu en collant, avec un visage à frapper dessus, comme celui des deux hommes dans la voiture blanche. Il est debout sous un portique de pierre, genre portique grec. De chaque côté de lui, un jeune homme et une jeune femme,

tous deux enveloppés comme des momies égyptiennes. L'homme, le méchant, a une roulette
devant ses pieds avec un poisson à l'intérieur.

— Dans le livre, on dit que le Diable est la
face sombre de l'Homme originel, un Anté-
christ. Le Diable existe parce qu'il y a un Dieu,
le noir parce qu'il y a le blanc, le mal parce qu'il
y a le bien, le matériel parce qu'il y a le spirituel,
l'amour parce qu'il y a la haine.

— Le Diable, c'est le matériel, j'imagine. Le
matériel, c'est l'argent et l'argent, des actions,
ajoute Philippe. Est-ce que ça veut dire que je
ne dois pas m'attacher aux biens matériels afin
de me consacrer plutôt aux joies de l'amour ?

— Ou aux deux, suggère Nathalie avec un
sourire. Il est écrit que la conversation avec
cette carte, le Diable, est difficile. Comme les
ténèbres, il a quelque chose d'irrationnel, ce qui
est générateur d'angoisse. En fait, il représente
les qualités les plus négatives et les plus basses
de notre personne.

— Où était située cette carte ? demande
l'oncle Charles à Philippe.

— Sur le siège arrière.

— Elle t'est donc destinée, lance-t-il dans un
éclat de rire.

— L'autre carte me fait frissonner, dit Isabella
avec une expression de dégoût. Je me demande
d'ailleurs pourquoi on l'appelle la Lune. Je vous
la décris. Sous le même portique grec qu'on

retrouve sur la carte du Diable, il y a une femme avec des cheveux blancs dressés sur la tête. On dirait une sorcière. De chaque côté d'elle, la lune et le soleil à demi cachés par les nuages. Juste en dessous, de part et d'autre de la sorcière, deux tours médiévales. Devant elle, une sorte de scarabée, un serpent et deux loups. L'illustration est d'autant plus mystérieuse qu'il y a un escalier qui part d'un grand cercle et qui mène vers le sexe de la sorcière. Il y a un homme sur cet escalier.

— Cette carte était sur le tableau de bord, devant ton siège, ma chère.

— Que veux-tu dire ? Que je suis une sorcière ?

— Dans la psychologie moderne, cette carte signifie illusions, fantômes créés par nous-mêmes, et angoisses enracinées très profondément. C'est aussi une carte symbolisant la naissance d'un enfant.

— Tiens, tiens... laisse traîner Philippe.

Nathalie continue sans broncher.

— Je n'invente rien. C'est écrit ici. On dit aussi que, pour une femme, l'expérience de cet archétype est extrêmement difficile et plus encore pour un homme intellectuel.

— Tu as entendu, Charles ? Tu devrais méditer sur cette carte.

— Je continue. Cette carte dit qu'il faut passer au travers de nombreuses épreuves, descendre aux enfers et braver les loups pour accéder et faire face à cette femme aux cheveux blancs, la mère ténébreuse.

— Si je comprends bien, cette carte signifie que ma descente aux enfers ne fait que commencer. Je devrai affronter des loups, passer au travers de nombreuses épreuves...

— Tout à fait, mon neveu. Tu cours après des millions de dollars, tu cours après des millions de dangers.

Et tous de regarder vers l'atelier où on s'affaire à réparer le West.

***

Philippe a beau essayer de se distraire en regardant les paysages qui défilent sous ses yeux, rien n'y fait. « Épreuves. » « Enfer. » Autant de mots qui reviennent sans cesse à son esprit.

« Ces deux mots me sont destinés.

« Épreuves. On sème sur mon passage une série de difficultés qui m'obligent à réagir rapidement. Comment je réagis ? Je suis comme ambivalent. Parfois, je me décourage rapidement et je suis prêt à tout abandonner. D'autres fois, je fonce tête baissée, comme un bélier.

« Enfer. Je ne peux pas dire que je vis l'enfer actuellement. Au contraire, ma vie est exaltante. Amoureux, chercheur de trésor, chômeur, hélas ! mais pas l'enfer. Que veut donc dire au juste cette carte ? »

Voilà ce sur quoi cogite Philippe pendant le trajet de Pittsburgh à Montréal. Comme à l'aller, le retour lui donne l'occasion de réfléchir sur lui-même grâce au tarot.

« D'ailleurs, qui se cache derrière ces cartes ? Quelle sorcière les manipule ainsi ? Est-elle l'alliée de l'Empereur ? Ou c'est lui qui est le sorcier ? »

« Quelle sorte d'enfer me réserve-t-il ? »

# Chapitre 10

— Quel gâchis ! Si je peux mettre la main sur ces crapules qui ont fait tout ce grabuge, ils n'en sortiront pas vivants.

Philippe est dans tous ses états. Rouge de colère, il se promène à travers les meubles renversés ; l'appart de Nathalie est sens dessus dessous. Chaque recoin a été minutieusement inspecté. Toutes les pièces y ont passé : de la salle de bains à la chambre à coucher, en passant par la cuisine et le salon.

Isabella, l'oncle Charles, le père et la mère de Philippe, tous, silencieux, regardent ce fouillis indescriptible.

Nathalie est abasourdie.

— Au cambriolage et au sabotage, va falloir ajouter le pillage !

Philippe essaie d'être sarcastique ; or, c'est plutôt la colère qui le domine.

Il maugrée :

— L'Empereur veut avoir ma peau. Avant, il va trouver que j'ai la carapace solide. Il sait ce que je vaux. Moi aussi, je connais ma valeur. Il ne m'aura pas si facilement, ciel penché !

Puis, s'adressant à son père qui était chargé de surveiller l'appart pendant son voyage :

— Aurais-tu trouvé une carte de tarot ?

— Non. Pourquoi ?

— Habituellement, l'Empereur sert un avertissement en procédant de cette façon. Quoique, à bien y penser, l'avertissement a déjà été donné à Pittsburgh.

L'oncle Charles, cette fois, est décontenancé.

— Ça commence à être dangereux pour toi, mon neveu. Nous pouvons faire l'hypothèse que la prochaine étape sera plus agressive. Des malfaiteurs tuent pour moins que cela. Alors que toi... Je suggère que nous prenions une bonne nuit de sommeil et que, demain, nous tenions un conseil de famille pour décider quelles seraient les meilleures stratégies à adopter pour contrer cette escalade de violence.

— En attendant, je vous invite tous chez moi à boire « une goutte de ce nectar des Dieux ». Cela vous fera du bien. Quant à l'appart, j'ai fait le nécessaire en appelant le Service de police qui a fait les constatations d'usage.

— Nous en profiterons pour vous raconter les derniers événements vécus aux States.

***

Le conseil de famille débute le lendemain après-midi, chez les parents de Philippe. La journée s'y prête magnifiquement bien. Toute la ville est ensoleillée. Il fait chaud, une température idéale pour discuter de stratégies sur la terrasse.

Nathalie ouvre la discussion :

— Une vie humaine a plus de valeur que des vieilles actions. Je ne veux pas perdre mon homme pour de l'argent. Il devrait abandonner la partie. Nous ne faisons pas le poids.

— Comment vont-ils le savoir qu'il abandonne tout ? Aussitôt que nous les apercevons, ils disparaissent. Nous ne connaissons pas l'identité de cet Empereur qui tire les ficelles en coulisse. As-tu une idée, Philippe ? demande l'oncle Charles.

— Pas pour l'instant. Cependant, si je procède par élimination...

— Que voilà une approche scientifique qui me plaît !

— ... Si je procède par élimination, je serais porté à écarter ALUSA et la NACOM. Je ne vois pas pourquoi elles seraient impliquées dans de tels incidents. Ce sont des compagnies bien établies et elles ne pourraient se permettre des accusations de ce genre sans que cela nuise à leur image. À mon avis, il faut remonter aux détenteurs d'actions de ces deux compagnies.

— Ceux qui possèdent le capital, complète l'oncle Charles.

— Êtes-vous d'accord avec moi que nous n'avons pas à chercher du côté de ALUSA et de la NACOM ?

Approbation générale.

— Nous devons donc explorer une autre piste. Les recherches effectuées à New York démontrent que le père Bellon, ainsi que ses deux seuls fils, Andrew et Richard, ont légué leur fortune à la Bellon & Sons Foundation.

— À l'exception des œuvres d'art qui ont fait l'objet d'un marchandage éhonté entre les politiciens.

— Quel marchandage ? demande la mère de Philippe, toujours soucieuse de protéger la culture contre les exploiteurs de tout acabit.

Nathalie et Isabella racontent les découvertes sur les Bellon à la Public Library, comme si elles y avaient elles-mêmes participé. Ce qui fait sourire Philippe et son oncle qui s'adressent des clins d'œil complices. Cependant, la discussion glisse rapidement sur les achats qu'elles ont effectués chez Macy's.

Philippe les ramène à l'ordre.

— Encore là, je ne crois pas que la Bellon Bank soit dans le coup, pour des questions d'images aussi. Êtes-vous d'accord avec moi pour éliminer la Bellon Bank ? Votre silence constitue un signe approbateur. Je continue. Il faut remonter à ceux qui détiennent le capital de la banque, comme vient de le dire oncle Charles. Mon suspect numéro un devient alors la Bellon & Sons Foundation de Pittsburgh.

— Nous sommes tous d'accord, répond l'oncle en se faisant le porte-parole du groupe. D'accord, oui, mais il reste à vérifier que, premièrement, les Bellon n'ont vraiment pas de descendance, et deuxièmement, qu'ils ont tout légué à la Fondation.

L'oncle insiste sur le « tout ».

— Parlons-en de cette Fondation.

Alors que Philippe commence à raconter leur expédition à Pittsburgh, Nathalie et Isabella lui arrachent une autre fois les mots de la bouche et décrivent les événements comme une aventure extraordinaire : une auto mystérieuse, le sabotage des freins du West qui dévale dangereusement la montagne...

— Ce qui m'a fait allumer, reprend Philippe, ce sont les réponses données par la Bellon & Sons Foundation concernant le certificat d'actions. Nous leur avons montré un certificat original. Ils nous ont immédiatement répondu qu'il était faux, sans se donner la peine de chercher. Une réponse trop rapide à mon goût ! Pour moi, il y a anguille sous roche. De plus, c'est à cet endroit que nous avons été victimes d'un acte de sabotage. Les occupants de la voiture blanche avaient l'air familiers avec les lieux et, d'après la savante observation d'Isabella, la plaque d'immatriculation de cette voiture provient de la Pennsylvanie. Autant d'indices qui me laissent songeur.

— Vous avez donc deux pistes à explorer, reprend le père de Philippe. La première est celle de la descendance des Bellon et l'autre, celle de la Bellon & Sons Foundation.

— Tu dois aussi considérer ta sécurité, dit la mère de Philippe. Ces individus sont prêts à aller très loin.

— La tienne et celle de Nathalie, approuve son père.

Cette tirade sur la sécurité pousse le groupe à la réflexion.

Après quelques minutes de silence, l'oncle Charles suggère :

— N'y aurait-il pas lieu – je précise qu'il s'agit seulement d'une suggestion de ma part – d'impliquer une tierce personne pour vous protéger ?

— Que veux-tu dire ? Embaucher un détective privé ?

— Demander à la Sûreté du Québec de faire enquête ?

— Ou à Interpol ?

— Pas du tout. Nous avons en main d'authentiques certificats d'actions...

— Au fait, où sont-ils ? demande la mère de Philippe.

— Moins vous en savez, mieux c'est, répond aussitôt son fils.

— ... D'authentiques certificats d'actions très bien cachés. Ils sont tous signés, donc ils peuvent être échangés n'importe quand. Ils n'ont pas été volés. Leur authenticité doit être officiellement reconnue et nous devons faire valoir les droits de Philippe sur ceux-ci. Je propose de mettre toute l'affaire entre les mains d'un avocat qui, lui, pourra faire intervenir la justice. De cette façon, s'il nous arrive d'autres mésaventures, il y aura officiellement enquête.

— Il s'agit là d'une proposition pleine de sagesse, ajoute le père de Philippe.

— J'approuve aussi, reprend sa mère.

— Moi de même, dit Isabella.

— Et toi, Nathalie ?

— D'accord, bien que cette démarche n'assure pas vraiment sa sécurité.

— Pourquoi ne te ferait-on pas disparaître pendant quelques mois, le temps d'entreprendre les démarches juridiques, le temps de te faire oublier ?

L'oncle regarde Philippe qui réfléchit. L'atmosphère est subitement devenue lourde autour de la table, en un si bel après-midi. Le père de Philippe sent le besoin de diminuer la tension.

— Je renouvelle la bière et le vin ? Un autre pina colada, mesdames ?

— J'ai trouvé ! lance Philippe, fou de joie. Pina colada, ces mots me font penser aux pays chauds, au Mexique, à l'Amérique Centrale, à l'Amérique du Sud.

— Je ne vois pas le rapport.

— Si, il y en a un. Je pars travailler en Amérique du Sud pendant quelques mois, le temps que tout se calme. L'autre jour, en cherchant du

travail, je suis tombé sur une entreprise spécialisée dans les insectes piqueurs.

— Insectes piqueurs ?

— Cette compagnie s'appelle ADIP AVIATION
et son président m'a fait beaucoup rire. Quand je
lui ai demandé ce que voulait dire ADIP AVIA-
TION, il m'a répondu le plus sérieusement du
monde : adieu (AD) insectes (I) piqueurs (P) par
l'aviation (AVIATION). Son entreprise est spécialisée dans le contrôle des insectes piqueurs
comme les mouches noires et les maringouins,
pendant la saison estivale. De plus en plus de
municipalités font appel à ses services pour arroser leur territoire invivable à cause de ces insectes.
Eh bien ! Il m'a proposé un emploi en Colombie
qui consiste à exterminer une espèce de maringouin,
une « bibitte » qui nous est familière. Le gouvernement colombien a fait appel à l'Agence québécoise de développement international, l'AQDI, pour
aider les paysans dont les récoltes sont affectées
par cet insecte. D'après le président d'ADIP AVIA-
TION, ce marché est très prometteur. Il admet
cependant que c'est aussi un marché dangereux : il leur faut traquer les insectes dans les
parages du cartel de la drogue. Ainsi, lors de son
dernier voyage, il m'a raconté, avec un sourire
machiavélique, s'être retrouvé au milieu d'un
échange de coups de feu et avoir trébuché sur
un cadavre dans l'arrière-cour d'une maison.

— Trouvez l'erreur ! Tu veux aller travailler dans

les jambes du puissant cartel de la drogue pour être en sécurité. Que quelqu'un m'explique !

— On m'a affirmé que le gouvernement colombien assure notre protection. Or, ce qu'il y a de plus important, c'est que le travail là-bas se fait en hélicoptère. Pourquoi ne pas profiter de cette occasion pour acquérir de l'expérience comme pilote tout en disparaissant pendant un certain temps ?

— Ou à jamais, rétorque Nathalie.

— C'est une décision que j'ai à prendre. Il y a un Empereur qui me fait la guerre, une sale guerre, car les combattants jouent dans l'ombre. Il va trouver sur son chemin un autre Empereur : moi. Mes armes : la volonté et la loi. Toutes ces stratégies me plaisent. Aussitôt que je disparaîtrai de la circulation, Nathalie va changer d'appart pour éviter d'autres désagréments. Cette fin de semaine-ci, je retourne à Chicoutimi vider le mien. Désormais, personne ne doit savoir où je suis. Pas question de s'envoyer du courrier qui pourrait mettre nos adversaires sur notre piste. Nous communiquerons, oncle Charles et moi, par courrier électronique. Dans la capitale, Bogotá, je trouverai certainement une compagnie qui offre le service Internet. As-tu toujours la même adresse ?

— Oui. La voici : « ocharles@chicoutimi.qc. » Dès ton départ, nous contacterons un avocat spécialisé dans ce genre de cause, un avocat qui n'a pas froid aux yeux, qui est capable de foncer.

— À qui penses-tu ?

— Que dirais-tu de cet avocat de Québec, haut en couleur, qui entreprend des combats épiques en utilisant la puissance des médias ?

— Celui qui se teint les cheveux en noir ? lance Isabella.

— Tu viens presque de le nommer.

— Eurk !

— Nous recherchons un avocat qui défend notre cause et qui est capable de la gagner, qu'il soit teint ou non.

— Est-il possible de passer un marché avec lui ? s'enquiert Philippe.

— Probablement. C'est à vérifier. Quel marché ?

— S'il croit, au départ, que notre cause est bonne, nous lui donnerons un certain pourcentage si nous gagnons. Une somme intéressante. Il n'aura rien si nous perdons.

— Nous pouvons essayer.

— Êtes-vous d'accord avec cette manœuvre ? demande l'oncle Charles aux parents de Philippe et à Nathalie.

— Tout à fait.

L'oncle Charles se lève, prend sa coupe de vin et dit solennellement :

— Je lève mon verre au vaillant combattant des insectes piqueurs.

— Je lève le mien à celui qui va déclarer la guerre aux maringouins colombiens.

— Et le mien au valeureux chevalier qui va pulvériser les terres du cartel de Cali.

# Chapitre 11

Après le saccage de l'appart de Nathalie, Philippe retourne à Chicoutimi avec l'oncle Charles et Isabella pour y vider le sien. Cependant, une autre raison l'attire dans la ville où il a étudié : Manuela qu'il n'a pas revue depuis son voyage aux États-Unis. « L'espagnol me manque. *Que mujer !* Quelle femme ! » Il y a aussi ses certificats d'actions qu'il aimerait regarder et palper avant de partir pour la Colombie.

Dans le West qui roule sur cette très pittoresque route entre Québec et Chicoutimi, mais si dangereuse en période hivernale, Philippe demande de but en blanc à l'oncle Charles :

— Les actions sont-elles toujours cachées au même endroit ?

— Oui.

— Toujours dans...

L'oncle s'empresse de couper la parole à son neveu :

— Nous avions convenu d'un pacte entre nous, de ne jamais révéler où elles seraient cachées. Isabella est avec nous. Veux-tu qu'elle partage notre secret ?

— Si tel est son désir et si elle jure de ne le révéler à personne, je n'y vois pas d'inconvénient.

— Je n'ai rien entendu, lance Isabella.

Isabella a les yeux fermés. Elle écoute Reggiani qui raconte l'histoire de l'homo erectus. Philippe et l'oncle Charles croyaient, à tort, qu'elle dormait.

— J'avais d'abord entreposé ton trésor dans mon bureau, à l'université. Après le premier cambriolage de ton appartement, j'ai trouvé qu'il était plus avisé de le mettre ailleurs. Il y a quelques mois, j'ai créé, avec un collègue, un laboratoire de recherche sur les groupes dans les organisations. Nous disposons d'un grand local où nous entreposons tous nos documents de recherche. Tes actions sont là. Elles sont dans une boîte scellée sur laquelle il est écrit « Personnel et confidentiel ». Mon collègue est reconnu pour sa grande discrétion. Il n'osera sûrement pas y jeter un coup d'œil. D'ailleurs, il n'est pas au courant de toute cette histoire. Cette semaine, disons mercredi, nous irons au laboratoire de recherche. Maintenant que nous sommes les trois seules personnes à connaître la cachette, je suggère que nous utilisions un nom de code lorsqu'il sera question de l'endroit.

— Pourquoi ne pas utiliser les premières lettres du nom du laboratoire ? suggère Isabella. Par exemple, ce nom de code pourrait être LARGO, comme celui de Haendel.

— Super ! Alors, mercredi, rendez-vous au LARGO.

\*\*\*

Philippe passe la première journée à Chicoutimi à chercher des boîtes pour y entasser vaisselle, chaudrons, lingerie et mille petits objets ramassés au cours des dernières années.

En classant ses souvenirs dans les boîtes, il comprend qu'il vient de franchir une étape décisive de sa vie. Il a terminé ses études. Sur le tard. Comme le dit souvent son ami Jean-François qui aime parler en verlan : vieux motard que jamais !

« Il faudrait que je lui téléphone. Je doute de son amitié, il est vrai. Et puis, je n'ai jamais aimé son côté profiteur. Toutefois, en tant que Secrétaire perpétuel, il serait normal que j'entretienne des contacts avec lui. Je vais lui téléphoner avant de partir pour la Colombie. »

Colombie... Colombie... Colombie...

Soudain, un doute l'assaille. Pourquoi aller dans ce pays ?

« Pourquoi pas ? Primo, pourquoi me tourner les pouces à ne rien faire alors que je veux piloter ? Secundo, l'aventure m'intéresse. Il y a là-bas un défi à relever. Un défi que m'a lancé l'Empereur. Un empereur ne lance pas de défi à un valet. Un empereur se mesure à un autre empereur. S'il m'a lancé ce défi, c'est qu'il me considère comme un empereur. Je suis un Empereur qui possède une fortune virtuelle. Mais je sens que la fortune n'est pas suffisante. Il faut aussi du courage. Et j'ai toute la vie pour l'acquérir, en commençant maintenant. C'est officiel, je relève ce défi. Moi, Philippe, Empereur du canyon de la Sainte-Marguerite, je lance mon gant à l'Empereur X. À mon retour dans la métropole, je cours chez ADIP AVIATION et signe un contrat pour la Colombie. Et je confie à d'autres la défense de mes intérêts. En laissant la justice poursuivre son cours, en n'étant plus dans le décor, j'espère seulement que ces inconnus ne s'en prendront pas à Nathalie ou encore à mes proches. »

Toutes ces pensées occupent son esprit pendant qu'il ramasse un à un les objets. C'est ainsi qu'il met la main sur les cartes de tarot, gracieuseté de sa Majesté l'Empereur. Un sept de Bâtons, un quatre de Bâtons, le six de Deniers, la Princesse de Coupes... Manuela !

Il se précipite sur le téléphone.

— Manuela ? C'est Philippe ¿ *Qué tal* ? Comment vas-tu ?

— *Felipe* ! crie-t-elle avec cet accent qui l'attendrit chaque fois. Je suis heureuse de t'entendre. Je suis toute surprise. Où es-tu ? Je croyais que tu m'avais abandonnée à tout jamais. Par moments, je te trouve sans-cœur ! Je n'ai pas eu de tes nouvelles très souvent. Jamais !

— Je vais tout t'expliquer. Il m'est arrivé

plein d'aventures. J'aimerais te rencontrer pour t'en parler.

— T'es-tu au moins ennuyé de moi ?

— Bien sûr. Pourtant, tu connais ma situation. Elle n'a pas changé. Et mes sentiments envers toi non plus.

— Nous ne pouvons pas nous voir ce soir, car je suis en formation. J'ai un nouveau travail. Devine où ?

— ? ? ?

— À *la universidad*. J'y ai décroché un emploi, il y a quelques semaines. À la bibliothèque. Comme il y a peu de monde à cette période-ci de l'année, surtout en soirée, le personnel en profite pour m'initier au fonctionnement de la bibliothèque.

— Que fais-tu précisément ?

— La mode est à l'autoroute de l'information. De plus en plus de professeurs et d'étudiants empruntent la *autopista*. Ils veulent tous être initiés en même temps. Le personnel est débordé. L'université cherchait une personne qui connaissait très bien ce domaine. Comme j'ai déjà travaillé à Internet Chicoutimi, j'ai rapidement eu cet emploi.

— Bravo ! Je rencontre oncle Charles mercredi à son bureau. Je passe te voir.

Manuela prend tout à coup un ton douce-reux et ajoute, d'une voix câline :

— Tu m'as beaucoup manqué, Philippe.

Combien de fois je me suis endormie en espérant t'avoir dans mes bras ! Viens me voir mercredi. Nous trouverons sûrement un moment pour bavarder un peu. Combien de temps comptes-tu demeurer à Chicoutimi ?

— Je ne sais pas. C'est de tout cela que je veux parler avec toi.

— D'accord. Alors, à mercredi ! Je t'embrasse, *mi amor*.

Philippe raccroche, tout excité.

« Je ne savais pas à quel point elle m'avait manqué. C'est curieux, je ne lui ai jamais demandé d'où elle venait. Vais-je lui parler de la Colombie ? Elle connaît peut-être ce pays. L'oncle Charles m'a pourtant bien averti. "Personne ne doit savoir où tu vas." Manuela est mon amie. Pourquoi le lui cacherais-je ? Elle était avec moi lorsque j'ai découvert l'épave. Elle a le droit de partager mon secret. Au diable l'oncle Charles ! Je ne suis pas obligé de suivre à la lettre tout ce qu'il dit. »

\*\*\*

Philippe se présente au bureau de l'oncle Charles à l'heure prévue. Ils se rendent immédiatement au pavillon de la Recherche où sont logés la plupart des chercheurs.

Au cinquième étage, ils traversent un étroit couloir à peine éclairé et arrivent devant une porte peinte de couleur brune.

— Une couleur dégueulasse, lance Philippe.

Sur la porte, une petite plaque, écrite à la main, indique qu'ils sont au LARGO.

— Le LARGO, souffle l'oncle à son neveu, avec un clin d'œil.

Aussitôt entré, l'oncle Charles jette un regard circulaire dans la pièce comme pour s'assurer que tout est en ordre, et il se dirige vers un vieux classeur, « inclus dans le prix de location du bureau », prend-il soin d'ajouter.

— Ce n'est certainement pas ce meuble qui fait une différence dans le prix, dit Philippe en souriant.

— C'est le contenu qui est important, non le contenant, répond l'oncle en passant sa main derrière une latte de bois pour y dégager une clé.

Il ouvre le second tiroir sur lequel est écrit : « Résultats de la recherche auprès d'organisations du secteur de la santé. » Il en ressort une boîte servant à classer des dossiers. Sur la boîte, il est écrit « Personnel et confidentiel ». Tous les certificats photocopiés sont à l'intérieur.

— Pour déjouer les malfaiteurs et se protéger contre le feu. Les vrais certificats sont en lieu sûr, dans un coffre à la banque. Voici la clé.

Pince-sans-rire, Philippe ajoute :

— J'espère que tu ne les as pas entreposés dans la banque qui est disparue au fond de la rivière !

Il fait allusion aux terribles inondations qui ont

ravagé une partie de la région, il y a quelques années. Une banque est alors disparue au fond de la rivière et on n'a jamais retrouvé son coffre-fort.

L'oncle Charles lui tend une petite enveloppe blanche. La clé est à l'intérieur. Deux chiffres sont imprimés sur la clé : 62.

— Ça te rappelle quelque chose ce numéro ?

— Le numéro du médaillon.

— J'ai demandé à la caissière si ce numéro était disponible. Eh bien, voilà !

— Formidable. Tu as pris des précautions qui peuvent paraître futiles au premier abord, mais si on établit et reconnaît la valeur de ces certificats, ils valent une fortune. Autant être très prudents.

Philippe glisse l'enveloppe dans sa poche et s'excuse auprès de son oncle, car il a quelqu'un à rencontrer, ici même, à l'université.

— Cette personne serait-elle de sexe féminin ?

— Oui...

— ... Le teint basané et parlant avec un accent qui la rend encore plus séduisante ?

— Oui...

— ... Et qui travaille à la bibliothèque ?

— Oui...

— ... Alors, cours la rejoindre, chanceux !

\*\*\*

Ce qui frappe Philippe en pénétrant dans la

bibliothèque, c'est le silence presque monacal des lieux. Aucun étudiant, aucun professeur à l'horizon. Dans un coin, Manuela discute avec une collègue de travail qui, voyant Philippe s'approcher, regarde sa montre-bracelet, se lève et annonce qu'elle rentre à la maison.

Philippe embrasse timidement Manuela sur les deux joues.

— Viens, je te fais une visite guidée de la *biblioteca*.

— J'en suis ravi, surtout par toi.

— Je vais d'abord verrouiller la porte d'entrée. Comme il n'y a plus personne, nous pourrons discuter en toute tranquillité.

Pendant que Manuela se dirige vers l'entrée, Philippe commence à faire le tour de la pièce. Il se déplace entre les nombreuses étagères remplies de livres et entre à la cartothèque. Il regarde les grands classeurs gris sur lesquels reposent de nombreuses cartes géographiques. Il contemple le monde, particulièrement la région de l'Amérique du Sud.

Manuela le surprend, perdu dans ses pensées.

— Qu'est-ce que tu regardes ? lui demande-t-elle.

— Le monde, celui que j'aimerais découvrir, celui où j'aimerais voyager, travailler. Repousser mes frontières du connu. Connaître les secrets des autres civilisations. As-tu beaucoup voyagé?

— Mon père adoptif Ernesto est professeur de

français et d'espagnol au Collège des Langues modernes. Il organise, chaque année, des excursions dans des pays hispanophones pour ses étudiants. J'ai eu l'occasion d'aller au Mexique plusieurs fois. Au Costa Rica. Au Venezuela. En Argentine. Assez curieusement, il n'est jamais retourné dans son pays, dans notre pays, la Colombie.

Philippe sursaute. Il se prépare à lui en parler, mais il se retient. Il pense à la recommandation de son oncle. Il laisse Manuela continuer.

— J'ai toujours eu envie de revoir mon pays. Toutefois, depuis que je vis seule en appart, les exigences matérielles m'ont empêchée de réaliser mon rêve. Étudier, chercher du travail, assurer mon gagne-pain, tout cela a grugé mes économies et mon temps.

— J'ai travaillé un peu partout, au pays. J'avais vingt ans à l'époque. Et j'ai souvent eu la nostalgie de mon coin de pays. As-tu déjà attrapé cette maladie ?

— C'est plutôt un mélange de nostalgie et de curiosité. Curiosité de rattraper et de rattacher des souvenirs qui me sont restés en mémoire. Des souvenirs que je qualifierais plutôt de cauchemars. Mais je ne veux pas parler de moi. Parlons de toi. Dans quel pays veux-tu aller ?

Philippe hésite une autre fois. Il est tenté de répondre la Colombie. Cependant, il entend la voix de l'oncle Charles qui lui répète de nouveau: « N'en parle à personne... » Il déclare donc :

— J'aimerais aller en Europe, en Turquie, au bout du monde.

— M'amènerais-tu avec toi ? dit-elle tout en s'approchant lentement de lui. Je me suis beaucoup ennuyée de toi. Je ne savais pas où tu étais, ce que tu faisais.

— J'avais affaire aux États-Unis. Je suis allé à New York faire des recherches sur l'authenticité des certificats que j'ai retrouvés dans l'avion écrasé.

— Ah oui ! les vieux *papeles*. Et les recherches ont donné des résultats ?

Philippe sourit. Il adore sa façon de parler, quand elle utilise des mots espagnols.

— Du positif et du négatif. Positif parce que les documents trouvés auraient une très grande valeur.

— Et le négatif ?

— Depuis que je possède ces « vieux bouts de papier », on a dévalisé mon appart et celui de Nathalie, saboté le West de l'oncle Charles... Il y a quelqu'un qui me colle aux basques, qui me harcèle pour que j'abandonne les recherches. Il y a un fantôme qui laisse sur mon passage toutes sortes de messages. Des messages intentionnés surtout.

— Comment s'appelle ce fantôme ?

— Si seulement je le savais ! Il me ferait plaisir de te le présenter et par la suite de le mettre knock-out ! J'ai fait le tour de mon entourage pour essayer de mettre un visage. J'ai pensé à l'oncle Charles, à Nathalie, à toi. Autant d'hypothèses que j'ai rapidement écartées.

— Tu as douté de moi ?

— J'ai douté aussi de l'oncle Charles et de Nathalie, dit Philippe, comme pour se disculper.

La manœuvre réussit puisque Manuela continue :

— Es-tu sûr qu'il n'y a pas d'autres personnes, dans ton entourage, comme des connaissances, des amis ?

— Penses-tu à quelqu'un en particulier ?

— Non, pas vraiment, répond Manuela évasivement.

Un léger doute traverse l'esprit de Philippe.

— Je ne vois personne. Pourquoi cette dernière question ?

— Si les vieux papiers ont beaucoup de valeur, il est normal qu'ils attirent les malfaiteurs, n'est-ce pas ?

— Pour sûr, ciel penché ! Mais, vois-tu, il y a aussi comme une sorte de défi pour moi. Je veux aller au bout de cette histoire.

— Pourquoi ne pas aller plutôt au bout du monde ?

— Pas avant d'avoir clarifié cette situation.

Manuela s'approche, passe ses bras autour de son cou et lui dit candidement :

— Tu es mon héros, mon superman.

Elle se met à l'embrasser avec fougue.

Quelque peu désemparé, Philippe reprend ses esprits et, ne voulant pas être en reste, il la serre fortement dans ses bras. Il n'est pas homme à rester inactif devant une femme qui l'accueille avec autant d'ardeur.

Ses mains glissent sur ses fesses, ces fesses qu'il a toujours aimé palper. Rondes, dodues, semblables à de vertes collines irlandaises. Des fesses au contour sans frontière. Ses mains montent, descendent, contournent les collines, plongent vers le ravin et remontent vers la cime.

Manuela roucoule et se laisse entraîner sur les sentiers enfin retrouvés du plaisir.

Ils sont là à s'embrasser goulûment, à entremêler leurs langues, à se foutre du monde entier.

Philippe sent le désir monter en lui. Sa rationalité vacille sous l'ardeur sensuelle de Manuela. Tout en la maintenant dans ses bras, il fait lentement demi-tour et lui demande de se coucher sur les cartes géographiques. Les classeurs ont à peine un mètre, et cette hauteur leur permet de se livrer à de nouvelles fantaisies amoureuses.

— En te possédant ainsi, j'ai comme l'impression de me retrouver aux confins de la terre. Tu représentes les frontières les plus éloignées de ma connaissance du monde. Un monde que je veux découvrir centimètre par centimètre.

— *Yo te quiero, Felipe*. J'aime quand tu me caresses avec tes doigts agiles.

Tout en continuant ses explorations, Philippe dépose ici et là des baisers sur ses longues cuisses de couleur cuivrée. Il est à la recherche de l'Amazonie, de la forêt tropicale. Il voit des masses d'arbres enchevêtrés. Il entend les perroquets caqueter, les singes hurler, les fauves rugir. Puis, soudain, c'est le silence. Inquiétant. Avec adresse, il pénètre lentement au cœur de cette forêt, sous les soupirs lascifs de Manuela et les regards étonnés des oiseaux moqueurs. Et les caquetages reprennent, et les hurlements et les rugissements.

C'est ainsi que Philippe et Manuela font le tour du monde, le tour de leur monde et fêtent leurs retrouvailles.

Après quelques instants de repos, le temps de replacer ses vêtements et une mèche de cheveux rebelles, Manuela parle tout à coup de son pays avec une telle passion, qu'une phrase n'est pas aussitôt terminée qu'elle en commence une autre, tantôt en espagnol, tantôt en français.

— Le pays d'où je viens est loin dans ma tête... Mais pas assez loin pour avoir tout oublié... Je me rappelle la place centrale, un *zócalo* très animé... Les femmes étaient vêtues de tuniques et de jupes aux couleurs vives... Je me rappelle les *fiestas* où, toute petite, je me promenais seule dans cette foule bigarrée...

Elle arrête et regarde au loin, par la fenêtre. Après un moment, elle laisse tomber, d'une voix pleine d'émotion :

— Le pays d'où je viens, la Colombie...

— J'ai toujours pensé que tu étais mexicaine.

— Beaucoup de personnes me prennent pour une Mexicaine. Or, les Mexicaines sont plutôt petites et ont le teint plus foncé. D'autres pensent que je suis brésilienne alors qu'en fait, je suis colombienne ; j'ai une ressemblance brésilienne à cause de ma mère qui était originaire de Rio de Janeiro. Je dis « était », car je ne l'ai pas connue. J'ai été adoptée à l'âge de 10 ans, par Ernesto. C'est lui qui m'a amenée en Amérique. Il a adopté mon frère aîné aussi. Mais lui, il est retourné là-bas. Mon père m'en parle très peu, juste assez pour me dire qu'il est la brebis galeuse de la famille.

Philippe est fasciné par les propos de Manuela. Il se demande pourquoi il avait si longtemps ignoré son passé. Il la découvre, pour la première fois, si expressive, si surprenante. Touché, il laisse tomber ses défenses.

— Tout à l'heure, je t'ai dit que j'éprouvais beaucoup de problèmes depuis la découverte de l'hydravion. En accord avec mes parents et Nathalie, j'ai décidé d'aller travailler à l'extérieur, question de disparaître de la circulation et de me faire oublier. Drôle de coïncidence. C'est en Colombie que je vais travailler.

— En Colombie ? *Maravilloso* ! Merveilleux ! Quand partons-nous ?

— Ho ! Ho ! Halte-là ! je ne vais pas faire du tourisme. Je vais travailler. Et seul. Je ne veux surtout pas éveiller les soupçons, ni dans ma famille ni auprès de ceux qui sont à mes trousses.

— Tu seras parti pendant combien de temps ?

— Six mois, tout au plus. Je t'écrirai régulièrement. Quand je serai là-bas, j'aurai l'impression d'être avec toi. Ce sera comme si tu étais toujours avec moi.

Philippe ne remarque pas le nuage de tristesse qui ombrage le regard de Manuela. Elle est à la fois contente parce qu'il a trouvé un boulot, et triste parce qu'elle sera plusieurs mois sans le voir.

Lui aussi part un peu triste. Moins que Manuela. Assez pour ressentir un vague à l'âme. La différence réside dans l'aventure qui l'attend en Amérique du Sud, en Colombie, au pays de Manuela.

\*\*\*

Dès le lendemain, Philippe et l'oncle Charles se rendent chez leur conseiller légal, maître Désiré Lavertu.

— Crois-tu qu'il va accepter notre proposition ?

— C'est le genre d'avocat à accepter une cause qui le mettra publiquement en évidence. Il possède deux atouts : il est très compétent et c'est un excellent communicateur. N'oublie pas que nous vivons à une époque où les médias se nourrissent de sensationnalisme. Il saura sûrement trouver une façon de publiciser notre cause.

— Quoi qu'il en soit, je me méfie de cet individu. Il est de ces personnes qui « veulent notre bien » et cherchent par tous les moyens à s'en accaparer. Alors, garde !

\*\*\*

Ils arrivent devant le bureau de maître Lavertu, situé dans une très belle demeure victorienne, non loin de l'Assemblée nationale.

— Alors, monsieur Philippe, vous êtes à la fois Crésus et Job, si j'ose m'exprimer ainsi. Vous avez une fortune qui ne demande qu'à être reconnue. Cependant, vous n'avez pas un sou en poche, même pas un boulot ! Que voilà une situation pour le moins inconfortable ! Cette cause s'annonce difficile, vous vous en doutez bien.

— Difficile, certes, néanmoins pleine de potentiel.

— Nous devons remonter dans le temps, à plus de 60 ans. Qui plus est, nous allons intervenir dans deux pays avec des systèmes judiciaires différents. Nous devrons nous battre contre des organisations puissantes et très bien établies.

— Nous connaissons toutes ces difficultés, coupe l'oncle Charles. C'est pour cela que nous vous avons choisi. Dans le courrier électronique que nous vous avons fait parvenir, nous avons précisé les termes de notre entente. Une entente qui ressemble au jeu de la roulette russe. Si nous gagnons, vos honoraires seront à la hauteur de votre talent. Si nous perdons...

— Si je perds...

— Rien du tout. Pas tout à fait. Vous aurez là une belle occasion de vous faire connaître partout en Amérique en réussissant un grand coup publicitaire, si vous savez vous y prendre.

— Voilà un défi on ne peut plus clair. Venons-en au fait.

— D'abord, marchez-vous avec nous ?

— Oui. Je serai plus explicite sur les conditions reliées à notre entente dès que j'aurai tous les éléments en main.

Philippe lui raconte avec force détails sa découverte au canyon de la rivière Sainte-Marguerite. Il n'oublie pas de mentionner que, depuis, on le harcèle et on le traque de partout.

Maître Lavertu est particulièrement intéressé par cette série d'événements survenus dès que Philippe a effectué une première recherche sur les certificats.

— Des intérêts sûrement puissants, laisse-t-il tomber.

Pour permettre à Philippe de reprendre son souffle, l'oncle Charles poursuit :

— Voici ce qu'on veut savoir : un, les Bellon

ont-ils des descendants ? Deux, ont-ils légué toute leur fortune, à 100%, à la Bellon Foundation de Pittsburgh ? Trois, qui doit payer pour nos certificats ? La NACOM ? La Bellon & Sons Foundation ? Quatre, comment récupérer notre argent si nous y avons droit ?

— Je commence dès que possible les recherches concernant les trois premières questions. Une fois l'information en main, je réponds à la quatrième en vous donnant un avis.

— À l'avenir, vous communiquerez avec moi, et seulement avec moi, par courrier électronique. Voici mon adresse. Mon neveu sera temporairement absent du pays. Nous avons jugé bon de l'éloigner.

Les trois hommes scellent leur entente par une solide poignée de main.

\*\*\*

Philippe et l'oncle Charles sortent satisfaits du bureau de maître Désiré Lavertu, convaincus qu'ils connaîtront enfin le dénouement de cette intrigue.

Alors qu'ils sont en train de se féliciter mutuellement, Philippe dit brusquement à son oncle :

— Regarde au bout de la rue. Qu'est-ce que tu vois ?

— Je vois exactement la même chose que

toi : la fameuse voiture que nous avons déjà aperçue à Montréal et à Pittsburgh.

— Ne bouge pas d'ici. Fais comme si de rien n'était. Je rentre au bureau avertir maître Lavertu.

Philippe s'exécute rapidement. Il revient avec l'avocat, pour voir la voiture déguerpir dès qu'elle a été repérée.

— Si vous n'y voyez pas d'inconvénient, je vais embaucher un détective privé qui va retracer cette voiture et nous apprendre qui sont ces mystérieux personnages.

— Nous vous conseillons de commencer vos recherches par la Bellon & Sons Foundation. Vous économiserez ainsi temps et énergie.

— Merci pour votre judicieux conseil.

# Chapitre 12

Une semaine plus tard, Philippe débarque à l'aéroport de Bogotá avec un contrat en poche et un minimum d'informations sur le travail qu'il aura à effectuer. Qu'importe ! Il préfère cette nouvelle aventure aux événements récents qu'il a vécus. On l'a cependant assuré que tout est légal et que le contrat d'ADIP AVIATION avait été obtenu grâce au financement de l'agence gouvernementale québécoise, l'AQDI.

Dans le hall de l'aérogare, un représentant d'ADIP l'attend, une pancarte à la main. Philippe lui indique qu'il doit passer à la *aduana* en premier lieu. Comme dans la plupart des pays sud-américains, les formalités sont longues et compliquées. Il lui faut d'abord établir sa citoyenneté québécoise, puis, expliquer la demande de permis de travail ainsi que tous les certificats prouvant qu'il peut conduire un aéronef.

Après la douane, c'est au tour de la *Policiá Nacional* qui inspecte minutieusement tous ses bagages.

\*\*\*

— Que contient cette boîte, ce sac ? Ces livres parlent de quoi ? Avez-vous des armes ? Pourquoi venez-vous en Colombie ?

Après deux heures de combat acharné contre les premiers fonctionnaires du pays, Philippe peut enfin prendre contact avec son hôte. Il s'appelle José, l'homme à tout faire de l'entreprise. Aujourd'hui, il est le chauffeur de Philippe. José parle un français rudimentaire :

— *Holá*, *señor*, comment allez-vous ? Yé m'appelle José. Aller à la *oficina* ?

— Je m'appelle Philippe, *Felipe* en espagnol.

— *Está bien, señor.*

— Alors, José, tu nous conduis chez ADIP AVIATION ?

En sortant de l'aérogare, un petit air frais, presque glacé, frappe Philippe de plein fouet. Il jette un regard circulaire ; la zone de l'aérogare est presque entièrement ceinturée d'un mur de pierre qui fait certainement deux mètres. Un peu partout, il y a des soldats, l'arme à l'épaule, qui marchent ou sont assis et qui cherchent à tuer le temps.

L'aéroport est situé tout près de la capitale, nichée dans les montagnes, à 2 640 mètres d'altitude. En les regardant, Philippe comprend mieux la température qu'il fait en ce moment. Il avait espéré plus de chaleur dans ce pays possédant deux grandes fenêtres : l'une donnant sur l'océan Pacifique et l'autre sur la mer des Caraïbes.

L'oncle Charles l'avait prévenu :

— Méfie-toi du climat de Bogotá. Dans la capitale, l'air est glacé alors qu'il fait très souvent une chaleur sèche sur la côte nord ou très humide à l'ouest du pays, en allant vers l'Amazonie.

José et Philippe se dirigent vers la voiture de service sur laquelle est inscrit en espagnol : *ADIP AVIACION*.

Après avoir quitté les limites de l'aéroport, ils pénètrent dans une autre zone, celle des nombreux bidonvilles qui ceinturent Bogotá. Philippe se risque :

— *Muchas favelas ?*

— *No, señor, favelas es Portugués.* En espagnol, *son arrabales.*

— *Arrabales*, bidonvilles, *muchas gracias*, José.

Philippe vient de commencer son apprentissage de la langue espagnole.

Ce qui le frappe le plus en entrant dans Bogotá, c'est la structure de la ville qui ressemble davantage à une ville nord-américaine. Les avenues et les rues s'entrecoupent à l'équerre et à l'infini. Cette géométrie donne à la ville un caractère plutôt monotone, froid et gris, comme la masse d'air frais qui descend des montagnes. La voiture se glisse aisément entre les immenses tours de verre, d'acier et de béton. En regardant les nombreux néons multicolores vantant les grandes marques de cigarettes américaines ou des boissons gazeuses, Philippe a l'impression de se retrouver à New York ou à Pittsburgh.

La voiture s'engage sur une des plus belles avenues de la capitale, Jiménez de Quesada, « en hommage au conquistador andalou qui avait exploré le pays à partir de la côte nord vers 1536 », lui glisse José. Les bureaux d'ADIP sont situés sur cette avenue. Tout près du Hilton international. Philippe logera à cet hôtel, le temps que durera sa formation.

\*\*\*

Son séjour dans la capitale est un véritable tourbillon, tant les activités sont nombreuses. En effet, Philippe passera toute sa semaine entre des cours d'espagnol, d'histoire colombienne, de civilisations indiennes, de connaissance du territoire et de ses habitants, tout cela agrémenté de visites touristiques.

L'avant-midi est réservé aux cours et l'après-midi, aux visites.

\*\*\*

Dès la première journée, Philippe a l'impression de revivre un épisode de sa vie au CIA.

— C'est comme si je revivais le CIA.

— CIA ?

Philippe sourit. Il vient de comprendre l'interrogation de son professeur.

— Pas la CIA que vous connaissez. Mon école de pilotage s'appelait le Centre international de l'aéronautique, CIA. Il n'a rien à voir avec cette agence américaine de renseignements.

Avant de partir pour la Colombie, l'oncle Charles avait prévenu son neveu que, dans beaucoup de pays sud-américains, les habitants se méfient des étrangers, surtout s'ils ont la peau blanche. Ils sont souvent associés aux Américains et on les désigne sous le vocable peu envieux de *gringo*. Philippe tenait à dissiper tout malentendu avec son professeur, surtout celui d'être associé à la tristement célèbre agence américaine qui a fait la pluie et le beau temps dans cette région.

***

Le premier après-midi, Philippe visite la capitale, le Bogotá d'hier, pas celui de verre et de béton. Il est accompagné de son professeur, chargée de cours de civilisation hispanique à la *Universidad Autónoma de Bogotá*.

Comme il se doit, la visite des lieux saints vient en tête du palmarès. Les églises de Bogotá datent, pour la plupart, du temps où la Colombie s'appelait la « Nouvelle-Grenade ». Ils commencent par l'église San Francisco « dotée d'un magnifique plafond mauresque, appelé *mudéjar* », précise son professeur, par ailleurs excellent guide.

— En face, celle de la Tercer Orden, Tiers Ordre, aux somptueux autels et confessionnaux de bois sculpté. Un peu plus loin, Santa Barbara, San Augustín et San Ignacio qui abrite les œuvres du plus grand peintre de l'époque coloniale colombienne, Gregorio Vasquez de Arce y Caballo. Par contre, celle de la Capilla del Sagrario du dix-septième siècle se distingue par ses incrustations de turquoises. L'église de la Concepción, la plus ancienne, possède un plafond à caissons inspiré du style islamique si prisé à Ségovie et à Tolède.

— Pourquoi « islamique », *señora* ? demande Philippe. L'Espagne était pourtant très catholique à cette époque.

— Comme vous avez pu le constater, Bogotá possède plusieurs églises *d'inspiración* arabe. Les Maures ont longtemps occupé l'Espagne et, de ce fait, influencé la culture espagnole. Et puis, *por favor*, appelez-moi *señorita* Delfina, c'est mon nom.

Philippe sourit en entendant son nom pour la seconde fois comme il l'avait fait quand le responsable d'ADIP en Colombie la lui avait présentée, au début de sa formation. Un nom plutôt inusité au Québec.

« Delfina », pense-t-il encore en souriant.

Le plus souvent, Philippe écoute ses histoires avec beaucoup d'attention. D'autres fois, il est étonné par son comportement.

Car la *señorita* Delfina prend son rôle de guide au sérieux. Elle explique, s'enflamme, décrit, gesticule.

Il l'avait trouvée étonnamment jeune et quelque peu austère avec ses grandes lunettes noires et son tailleur classique, la première fois qu'il l'avait vue.

Aujourd'hui, elle est décontractée, quoique encore austère. Il la trouve jolie avec ses cheveux noirs lissés sur la tête et attachés par-derrière.

Ils vont ainsi d'église en église.

La visite guidée se termine sur la *Plaza Bolívar*, face à la cathédrale de Bogotá, une étonnante architecture, « où le style ionique se mêle au dorique et à l'art toscan ». La cathédrale « recèle des trésors de ciselure, de sculpture et de peinture ».

Philippe n'écoute plus. Il est fatigué. Fatigué d'avoir trop marché, d'avoir trop visité d'églises.

Il invite la *señorita* Delfina à prendre l'*aperitivo* à son hôtel, mais celle-ci décline l'invitation ; elle doit se rendre à l'université pour y donner un cours.

\*\*\*

La seconde journée ressemble à la première. Cours de langue et de civilisation le matin et visite guidée l'après-midi.

Aujourd'hui, la *señorita* Delfina amène Philippe dans deux musées.

Philippe est peu impressionné par le premier, le Musée archéologique qui possède d'importantes collections de poteries indiennes et de sculptures. Peu porté sur l'archéologie, il admire davantage l'édifice où loge le musée, « un très bel hôtel du marquis de San Jorge », précise la *señorita* Delfina.

— Le second musée, le Museo del Oro, est sans contredit mon préféré. Parmi les 26 000 pièces provenant de civilisations précolombiennes et colombiennes qu'il contient, il y en a une qui est unique en Colombie ; je tiens à vous la montrer.

Philippe n'avait jamais vu rien d'aussi beau. Le *Balsa de Oro*, le radeau d'or découvert par des paysans en 1969. Il représente *el Dorado* allant se plonger dans le lac de Guatavita.

— Qui était *el Dorado* ?

— *El Dorado* était un cacique...

— Un cacique ?

— Un chef indien, si vous préférez, qui, à l'occasion de certaines cérémonies, s'enduisait le corps de graisse et de poudre d'or. Des prêtres l'accompagnaient en barque jusqu'au milieu du petit lac de Guatavita, au-dessus de la ville de

Bogotá. Resplendissant au soleil couchant, l'Homme doré jetait de l'or et des émeraudes dans les eaux avant de s'y plonger. Tout l'or dont il était couvert se répandait autour de lui, formant une nappe éblouissante. La foule acclamait aussitôt le souverain et jetait à son tour de l'or et des bijoux dans les eaux profondes du lac.

— C'est une légende ou un fait réel ?

— *El Dorado* a vraiment existé. Bien avant l'arrivée des *conquistadores*. Ceux-ci, informés de cette coutume, se sont mis à sa recherche pendant des années.

Pour une seconde fois, Philippe invite son guide à prendre l'*aperitivo*. Elle refuse de nouveau, prétextant un autre cours à donner à l'université.

« Est-ce une habitude chez elle ? » pense Philippe.

\*\*\*

La troisième journée est quelque peu différente. Cours de langue et de civilisation le matin. La visite guidée aura lieu plus tard, à 15 heures, car, sur l'heure du lunch, pour la première fois, on parle boulot.

Le représentant d'ADIP explique à Philippe où il ira travailler, ce qu'il aura à faire ainsi que les problèmes qu'il risque de rencontrer.

— Vous travaillerez à Cali, à l'ouest du pays, de l'autre bord de la Cordillère centrale des

Andes. Il y a beaucoup de montagnes dans ce coin de pays. Cali est au pied d'une autre chaîne de montagne, la Cordillère occidentale des Andes, sur le bord de l'océan Pacifique. On y récolte dans cette région le riz, le sucre, le coton en abondance...

— Et la cocaïne ! lance Philippe.

— En effet, tout le monde sait qu'il est plus payant pour les paysans de cultiver la feuille de coca qui est vendue à bon prix aux barons de la drogue que de cultiver le maïs. Le gouvernement américain a forcé le gouvernement colombien à détruire les plantations de coca et a accordé des subventions pour orienter autrement la culture. Mais voilà. Une nouvelle variété a été introduite, important avec elle un insecte jusqu'à présent absent dans la région. Votre travail va consister précisément à arroser les nouvelles plantations pour exterminer une espèce de maringouin qui s'attaque non seulement à la nouvelle culture, mais aussi aux humains en transmettant le virus mortel de la dengue hémorragique. Vous allez donc travailler dans un milieu plutôt hostile. Hostile parce que les paysans et les trafiquants de drogue vont penser que vous voulez détruire leurs récoltes.

— Pourquoi les forces de l'ordre n'arrêtent-elles pas les principaux barons de la drogue puisqu'ils sont connus ?

— Un pas a été fait en ce sens, sous la

pression du gouvernement américain. Le principal chef est en prison. Depuis son incarcération, les narcotrafiquants ont semé la terreur au cours des trois dernières années. Les médias parlent de narco-terrorisme. Ils ont enlevé des centaines de personnes et ont posé de nombreuses bombes. Tout cela uniquement pour faire pression sur le gouvernement qui veut extrader aux États-Unis le principal baron de la drogue, Raul Escarbia. Celui-ci est détenu à Cali, dans une prison construite sur mesure pour lui. Tu auras sûrement l'occasion de la survoler un de ces jours. Outre les narcotrafiquants, il faudra surveiller également les *cocaleros*.

— Les *cocaleros* ?

— Les cultivateurs de la coca. Il faut que vous sachiez ce qui s'est passé ces derniers mois en Colombie, au niveau de la politique intérieure. Depuis que le président du pays a décidé de supprimer la culture de la coca et du pavot, des dizaines de milliers de cultivateurs ont manifesté contre cette décision. Ils sont plus de 120 000 dans cette situation, au bord de la révolte. Ils estiment que le gouvernement coupe leur gagne-pain sans compensation adéquate.

— Ils réclament quoi au juste ?

— Ils réclament « le droit à la vie, à la dignité, à la coca et à la souveraineté ». Depuis plusieurs semaines, des marches de *cocaleros* se tiennent dans les départements de Caquetá, de Putumayo et de Guaviare dans le but d'obtenir la suspension de l'épandage d'un puissant herbicide, le glyphosate, qui détruirait non seulement la coca en feuilles, mais tuerait aussi toutes les cultures de substitution, tels les arbres fruitiers amazoniens. Évidemment, pour le président colombien, il n'est pas question de suspendre ces épandages.

— Si je comprends bien, et le gouvernement et les cultivateurs font face à un véritable dilemme dans cette lutte contre la drogue.

— La situation est plus claire pour le gouvernement colombien. Ce sont les États-Unis qui le poussent à intensifier la lutte contre les narcotrafiquants en lui versant des millions de dollars. Pour les paysans, c'est plus grave. La feuille de coca rapporte beaucoup. Plus de coca, pas de revenus. Leur gagne-pain est en jeu, leur qualité de vie aussi.

— La situation me paraissait pourtant si simple, vue du Québec.

— Vous aurez aussi à vous méfier des guérilleros.

— Que viennent faire les guérilleros dans cette région ?

— Selon ce que laissent entendre les porte-parole de l'armée à Bogotá, ce sont les guérilleros de la FARCE, la Force armée révolutionnaire colombienne pour l'égalité, qui tireraient les ficelles des quelque 25 000 petits paysans qui ont marché sur la ville de Florencia, non loin d'ici, il y a quelques semaines.

— Sont-ils aussi puissants que les narcotrafiquants ?

— Les médias du pays évaluent leurs effectifs à 6 000 révolutionnaires répartis sur 64 fronts de guerre. Toujours d'après les mêmes porte-parole, les guérilleros font de temps en temps des alliances stratégiques avec les barons de la drogue. Ils financent leur révolution de cette façon.

— Sont-ils dangereux?

— Il n'y a pas si longtemps, vingt-sept soldats de la base de Las Delicias sont morts suite à un assaut de la FARCE ; soixante autres militaires ont été faits prisonniers et n'ont pas encore été relâchés. Cet exemple démontre qu'ils sont, ou puissants et dangereux, ou que l'armée est faible et mal équipée. Voilà. Ah oui ! commence par dire en souriant le représentant de l'ADIP, méfiez-vous aussi des femmes.

— Pourquoi ?

— Parce que, paraît-il, c'est à Cali qu'on trouve les plus belles filles du pays. C'est ce que disent les gens de cette région. Mais ne vous en faites pas, toutes les grandes villes du pays revendiquent ce titre.

— Est-ce que la *señorita* Delfina vient de Cali ?

— Vous le lui demanderez cet après-midi quand vous serez en route vers le Montserrate.

— Montserrate ? Qu'est-ce que c'est ?

— Vous verrez.

Après toutes ces mises en garde, on informe Philippe du type d'appareil qu'il aura à piloter, des règlements de la circulation aérienne, etc. Puis, on lui remet une petite valise contenant un téléphone cellulaire et un ordinateur portatif.

— Dans l'ordinateur, il y a un programme de courrier électronique pour communiquer avec nous et avec le Québec, à partir de nos bureaux, à Cali. Votre adresse électronique est « felipe@adip.cali.com ».

— Dès lundi matin, un petit avion de la compagnie viendra vous chercher et vous conduira à Cali. Là-bas, vous serez pris en charge par un autre pilote d'hélicoptère qui vous assistera dans vos premières missions, question de vous familiariser avec la topographie des lieux. Bonne chance !

\*\*\*

À quinze heures précises, la *señorita* Delfina se présente au bureau, habillée d'un pantalon noir et d'un chandail moulant, de couleur rouge. Sur ses épaules, une petite veste qui empêche Philippe d'admirer plus en détail les contours harmonieux de sa poitrine.

— En route pour le *funicular*.

— *Funicular* ?

— *Yé crois qu'on dit funiculaire en français.*

— Le Montserrat est donc une montagne ?

— C'est une très belle montagne qui domine la ville. Tous les dimanches, des centaines de personnes y viennent pour admirer le paysage. En allant au funiculaire, nous allons passer tout près des bidonvilles...

— *Arrabales, por favor !*

— Bravo ! Vous faites du progrès. Faites attention aux *gamines*. Ils sont nombreux et très habiles à vous chiper votre sac ou votre portefeuille.

Philippe apprend ainsi qu'il existe, à Bogotá, une catégorie d'enfants différents des autres, qui vivent dans la rue, y dorment et font toutes sortes de petits métiers pas toujours légaux. Les habitants les appellent aussi *carasucias*, les figures sales.

« L'oncle avait raison. Avant de partir, il m'avait dit d'aller voir cette montagne de Bogotá dont il ne se rappelait plus le nom. Dans son temps, disait-il, il fallait grimper cette montagne à dos d'âne. Il m'est arrivé une aventure... Mais ça c'est une autre histoire. Un jour, je te raconterai... »

Sur la montagne, la *señorita* Delfina devient tout à coup volubile. Elle décrit sa ville, ses habitants :

— Il y a un spectacle que vous n'avez pas encore vu. Demain matin, au lever du jour, je vous recommande de vous promener sur la *Plaza central*. Vous y verrez les *campesinos*, les campagnards, qui débarquent leur chargement des camions. En un rien de temps, ils dressent leurs étals. On y trouve de tout. D'un côté, des *ruanas*, une sorte de poncho court typique à la Colombie, et des couvertures de laine bariolées. De l'autre, des cuirs, des sacs, des bottes, des bijoux, des ceintures et de la vannerie. Vous verrez alors que les rues se remplissent rapidement pour devenir en quelques heures un vaste concert d'avertisseurs. Ne manquez pas ce moment, *señor Felipe*, car vous le regretteriez.

— Je n'y manquerai sûrement pas. *Muchas gracias, señorita.*

— J'amène souvent ma famille ici.

— Vous avez combien d'enfants ?

— On m'appelle *señorita, señor Felipe.* Je vis avec mes parents. Ils sont maintenant très âgés et, à part moi, il n'y a personne pour s'occuper d'eux. Alors, je partage mon temps entre leur maison, mon appartement et la *universidad.*

Philippe l'écoute attentivement. À l'entendre parler ainsi, il se croirait avec Manuela. Il se sent un peu nostalgique.

— Et vous, *señor Felipe*, vous êtes marié ?

— Je n'ai pas encore eu le temps d'y penser. Je viens de terminer mes études. Ces temps-ci, j'ai trop d'affaires urgentes à régler. Puis, peut-être...

Il hésite, réfléchit et décide soudainement de changer de cap.

— En ce qui concerne la façon d'aborder les femmes en Colombie, y a-t-il des règles à observer, des coutumes ?

Si Philippe l'avait examinée plus attentivement, à cet instant précis, il aurait remarqué sur son visage des traces de rougeur. Delfina comprend que Philippe veut l'amener à parler de ses rapports avec elle. Elle tente d'esquiver le coup en lui retournant la question.

— Et, selon vous, quelle serait la meilleure attitude à adopter ?

C'est maintenant Philippe qui est embarrassé. Il balbutie :

— Je ne sais pas... J'imagine que la première devrait être la politesse, suivie du respect. Par exemple, pouvons-nous aborder les femmes dans les bars, les restaurants, tout en étant polis bien sûr ?

Elle sourit.

— Mais bien sûr.

— Et les hommes, sont-ils jaloux, violents ?

— Pas plus que chez vous, *creo*.

— Est-ce une coutume, chez les femmes de Bogotá, de refuser quand on les invite à prendre *l'aperitivo* ?

Elle sourit, elle qui a déjà refusé deux fois son invitation. Cette fois-ci, elle accepte avec beaucoup de *gracias*. L'occasion est belle, car il fait chaud et il y a, tout près, un superbe restaurant à partir duquel on peut admirer toute la ville.

***

Philippe travaille déjà depuis un mois. Il adore son métier. Le boulot n'est pas fatigant quoiqu'il demande beaucoup d'attention. La plupart des champs qu'il doit arroser sont situés à flanc de montagne.

Quand il est en congé, il lit, s'exerce à parler espagnol ou visite les endroits touristiques de ce coin de pays.

D'autres fois, il s'empare de son ordinateur, navigue sur Internet ou écrit à ses amis.

Un jour, il tombe sur une histoire invraisemblable. Tous les sites Web qu'il consulte ont un fond noir. Les internautes protestent à leur façon contre le Communications Decency Act, une loi qui « plonge dans l'illégalité quiconque transmet ou rend disponible à des mineurs, par voie électronique, du contenu offensant de nature sexuelle ou des images obscènes, lubriques, lascives, ordurières ou indécentes ».

Le sénateur qui avait introduit ce bill, avait monté un dossier farci d'images les plus crues provenant de babillards électroniques. Beaucoup de ses informations provenaient aussi d'un dossier choc du *Time*, intitulé « Cyberporn » et traitant de la pornographie et de la pédophilie sur Internet.

Or – ce passage fait sursauter Philippe – le dossier du *Time* s'appuyait sur une recherche financée par la Bellon & Sons Foundation de Pittsburgh et intitulée « Marketing Pornography on the Information Highway ». On y apprend dans cette étude que 83,5 % des images numériques contenues dans les forums Usenet relevaient de la pornographie. On a su, par la suite, que cette fameuse étude était une supercherie méthodologique. Les véritables données parlaient de moins de 1 % des images disponibles dans ces forums qui sont de nature pornographique.

Voilà sur quoi se sont appuyés les sénateurs et le président Clinton pour voter ce projet de loi. Et le plus cynique de toute cette histoire, c'est qu'ils l'ont voté en sachant qu'il avait peu de chances d'être appliqué.

Philippe a tressailli à la lecture de ce site Web, mais, au fond, il est peu surpris par ce geste de la Fondation.

« Un autre coup fourré de ce petit monde dont la moralité ne vole pas plus haut que l'hélicoptère que j'utilise chaque jour ! »

\*\*\*

Son premier courrier électronique, il le destine à Manuela. Pour lui parler de son pays.

*J'espère que tu y retourneras un jour. Là où je suis, la température est agréable. Les habitants sont accueillants et chaleureux. Dommage qu'il y ait tant de criminalité, de misère et de pauvreté. Les femmes sont belles. Je sais maintenant pourquoi j'aime ta grâce et que j'admire ta beauté.*

Manuela lui a répondu quelques jours plus tard. Elle l'avait remercié pour ses *cumplidos*, ses compliments. Elle avait parlé de son travail et surtout de la visite de son frère aîné qu'elle n'avait pas vu depuis plusieurs années. Il vivait maintenant en Colombie.

*Il était chez moi quand j'ai reçu ton courrier. Il s'est montré très intrigué par ces nouvelles technologies, encore plus quand il a su que je communiquais avec toi. J'espère que je n'ai pas commis d'impairs malheureux en mettant mon frère au courant de nos relations. Je ne voudrais pour rien au monde nuire à ta sécurité. Tu représentes beaucoup pour moi et je m'en voudrai tout au long de ma vie si je t'ai causé quelque tort, même indirectement.*

*Un abrazo muy forte, mi amor. Hasta luego !*
*Manuela*

Ce courrier l'avait troublé. Il regrettait maintenant d'en avoir parlé à Manuela. Puis, après réflexion, il s'était dit : « Suis-je devenu paranoïaque ? »

\*\*\*

La plupart du temps, une fois par semaine, Philippe communique de la même façon avec l'oncle Charles et lui demande de donner de ses nouvelles à ses parents, à Nathalie.

Il parle de son travail, des coutumes du pays

et de l'accueil chaleureux des Colombiens. Il termine toujours ses lettres en spécifiant que, contrairement à ce qu'on lui avait dit, il voit peu de violence autour de lui. Hier, par exemple, il a visité des constructions neuves dans un bidon-ville de Cali, gracieuseté du *señor* Raúl Escarbia, le baron du cartel de la drogue de Cali. *El señor* Escarbia est considéré comme un dieu dans ces quartiers défavorisés où il recrute la plupart de ses hommes. Il n'a pas vu de tueurs, de dro-gués, de mafiosi. « Que des pauvres gens... »

***

Environ deux mois après son arrivée en Colombie, Philippe reçoit, de l'oncle Charles, des nouvelles qui l'intéressent au plus haut point.

Ce dernier avait rencontré maître Désiré Lavertu qui l'avait mis au courant des faits sui-vants :

*Un. Son détective – une sorte de Simon Templar, avait précisé l'avocat – avait identifié les occupants de la voiture blanche. Il s'agit de deux employés d'une agence de sécurité qui assure la surveillance de tous les locaux de la Bellon & Sons Foundation.*

*Deux. Les Bellon n'ont pas de descendants.*

*Trois. Ils ont légué toute leur fortune à la Bellon & Sons Foundation.*

*Sur ce point, des démarches ont été entrepri-*

ses auprès de la NACOM pour connaître le portefeuille d'actions de la Bellon & Sons Foundation dans la compagnie.

Quatre. Pour être sûr de la fortune de la Fondation, il faudrait lui intenter une poursuite.

Cinq. Nos chances de gagner sont bonnes si nous parvenons à prouver que les certificats sont des originaux et sont signés. En effet, dans les premières années de fondation de la bourse, le détenteur d'un certificat signé pouvait se présenter à la compagnie et réclamer de l'argent en échange.

Maître Lavertu exige des honoraires pour toutes ces recherches. Si nous décidons de poursuivre, nous ne paierons que les frais de cour.

Il attend une réponse.

Philippe répond aussitôt à l'oncle Charles pour lui donner son accord quant aux poursuites à intenter contre la Bellon & Sons Foundation.

Et, il termine sa lettre en demandant des nouvelles de ses parents et de Nathalie.

Quant à moi, la vie est belle, ici, il fait chaud, je prends beaucoup d'expérience et l'on me considère un peu comme un notable. Par exemple, je viens de recevoir une invitation pour assister, la semaine prochaine, à la Fête nationale française du 14 Juillet, à l'Ambassade de France, à Bogotá. Je vous en reparlerai dans mon prochain courrier.

Je vous embrasse muy forte.

¡ Hasta luego !                                    Felipe

Avant de fermer son ordinateur, Philippe va vérifier une dernière fois s'il y a du courrier en provenance de Bogotá.

Il voit apparaître, avec stupéfaction, à l'écran, une image qui ressemble étrangement à une carte de tarot.

Le sang lui monte rapidement au visage. Il a soudainement très chaud. Il est couvert de sueur et a les mains moites.

« Est-ce encore un sale tour qu'on veut me jouer ? L'Empereur m'aurait-il déjà trouvé ? ciel penché ! »

Il regarde attentivement l'image. Il avale sa salive tant elle lui apparaît repoussante.

Elle montre un jeune homme pendu avec un serpent enroulé autour de son corps. En arrière-plan des spirales bleues et mauves, le tout dans un cadre de style gothique.

Impossible de vérifier l'adresse de l'expéditeur.

Il envoie aussitôt un courrier – son deuxième – à Manuela pour lui demander la signification de cette carte.

« Au diable la sécurité ! Avec ce que je viens de voir, ON sait déjà où je suis. »

***

La réponse de Manuela vient quelques heures plus tard, des heures à se poser des questions, à se demander comment les auteurs de cette comédie ont-ils pu remonter jusqu'à lui, à Cali.

*Quel malheur pour toi que l'on t'ait rejoint jusqu'à Cali. J'espère que mon frère n'y est pour rien.*

*D'après la description que tu m'as faite de la carte, il s'agit de celle du Pendu, appelée « le fils qui se sacrifie ». Selon madame PMD, le Pendu est l'image la plus curieuse du jeu de tarot traditionnel. Il paraît qu'à l'origine la carte représentait Judas, pendu à l'envers et tenant des sacs d'argent, signifiant le vice de l'avarice.*

*Aujourd'hui, d'après madame Germaine, la signification que l'on donne à cette carte est tout autre. Le pendu représente un voyage à l'envers, c'est-à-dire qu'il part de l'inconscient vers le conscient.*

*Quant au serpent autour du corps, il est la force des ténèbres (l'inconscient) et de l'expérience (conscient) permettant le passage entre l'un et l'autre.*

*Dans la logique du tarot jungien, ce passage de l'inconscient au conscient peut mener à des surprises agréables et désagréables.*

*Toujours d'après madame Germaine, cette carte sert de signal à un événement surprenant dans ta vie. Elle a insisté sur cette partie de la phrase. J'espère que cette surprise sera agréable.*

*En terminant, j'aimerais te raconter une anec-dote qui m'est arrivée et qui pourrait être significative pour toi.*

*Quand mon frère m'a quittée l'autre jour pour retourner en Colombie, deux hommes dans une voiture blanche nous ont photographiés lorsque nous étions en train de faire nos adieux. Peut-il y avoir un lien avec toutes tes histoires ?*

*J'attends patiemment de tes nouvelles.*

*Te quiero.*

*Manuela*

\*\*\*

En lisant le dernier paragraphe de son cour-rier, Philippe saisit l'ampleur du merdier dans lequel il est embourbé.

Il se dépêche de fermer son ordinateur et téléphone au bureau central d'ADIP, à Bogotá, pour demander une enquête sur cette farce de mauvais goût. Il exige de plus qu'on augmente les mesures de sécurité à son endroit.

# Chapitre 13

Quelques jours plus tard, après que Philippe eut donné son accord pour que maître Lavertu dépose une mise en demeure auprès de la Bellon & Sons Foundation, Nathalie, manifestement bouleversée, téléphone à l'oncle Charles qui est en train de préparer un de ses prochains voyages en Amérique centrale.

— Avez-vous regardé le bulletin spécial de la Télévision nationale ?

— Pourquoi ?

— On annonce une prise d'otages en Colombie. Ne m'avez-vous pas dit, il y a quelques jours, que Philippe était invité à l'Ambassade de France à Bogotá ?

— Oui... merde !

L'oncle Charles vient de se rendre compte de la terrible situation dans laquelle se trouve Philippe. À moins d'un miracle.

— Que raconte-t-on au juste ?

— À Bogotá, en Colombie, l'Ambassade de France est actuellement prise d'assaut par un commando fortement armé. On va nous donner plus d'informations au Téléjournal de 22 heures.

— Où es-tu en ce moment ?

— Je suis toujours à Montréal. J'ai accouru chez les parents de Philippe aussi vite que j'ai pu pour les mettre au courant. Nous attendons patiemment la présentation du bulletin de nouvelles.

L'oncle Charles met rapidement de côté toute sa documentation de voyage et se précipite vers son téléviseur, sans s'apercevoir qu'Isabella est en train de regarder sa série préférée.

— Holà ! jeune homme ! Un peu d'attention. J'écoute...

— Une prise d'otages en Colombie. Peut-être Philippe...

— En es-tu certain ?

— Nathalie vient de me téléphoner. Elle l'a appris par un bulletin spécial de la Télévision nationale. Ils vont donner de plus amples informations au Téléjournal de 22 heures, dans quelques minutes.

Tous les deux s'installent devant l'appareil qu'ils fixent silencieusement et avec anxiété.

*Bonsoir mesdames et messieurs.*

*Nous venons tout juste d'apprendre qu'un commando terroriste de la FARCE, la Force armée révolutionnaire colombienne pour l'égalité, vient de s'emparer d'une centaine d'otages qui participaient à la fête du 14 Juillet, à l'Ambassade de France à Bogotá, en Colombie.*

*Joël Lemieux a plus de détails :*

*— C'est à 20 heures ce soir qu'un commando d'une vingtaine de terroristes du groupe la FARCE s'est introduit dans l'Ambassade de France, dans un quartier huppé de la capitale, Bogotá. Le commando a pu pénétrer dans l'ambassade en franchissant une porte située dans le jardin, apparemment toujours verrouillée. Les guérilleros seraient armés de fusils, de pistolets, de grenades et de munitions.*

*L'ambassadeur donnait une réception en l'honneur de l'anniversaire de la prise de la Bastille, le 14 Juillet, jour de la fête nationale en France.*

*Une centaine de personnes seraient retenues prisonnières. Selon les premières estimations de la police, il y aurait une trentaine de diplomates, des hauts fonctionnaires du pays, des présidents de compagnies. La plupart sont accompagnés de leur épouse.*

*— Y a-t-il des Québécois parmi les otages ?*

*— On compte trois Québécois, l'ambassadeur, son épouse et un coopérant de l'AQDI en poste en Colombie. On ignore pour l'instant son identité.*

*Il semble que les terroristes se soient introduits assez facilement dans l'ambassade. Ils auraient bénéficié de la complicité de gens de l'intérieur.*

*— Y a-t-il eu des morts, des blessés ?*

— On l'ignore pour l'instant. Ce que l'on sait, c'est qu'il y a eu quelques coups de feu qui ont été tirés. On ne sait pas s'il y a eu des victimes.

— Joël, qu'exige le commando ?

— Selon ce que nous avons pu apprendre des forces policières, le commando, dirigé par quelqu'un qui se fait appeler comandante Jorge, exige la libération de leur chef Roberto Ocampo ainsi que de dix de leurs compagnons, incarcérés depuis 5 ans en Colombie. Ils demandent qu'ils soient relâchés dans la forêt amazonienne où la FARCE aurait ses quartiers généraux. Si les autorités colombiennes ne donnent pas suite aux demandes du commando dans les 24 heures qui suivent, les otages seront exécutés un à un. C'est le Comité international de la Croix-Rouge en Colombie qui agit comme intermédiaire neutre.

— Dès qu'il y a du nouveau, vous allez nous tenir au courant, Joël ?

— Oui, Bernard. Actuellement, le délégué de la Croix-Rouge fait la navette entre l'ambassade et le palais présidentiel. Je vous ferai part des développements dès que les autorités se décideront à parler officiellement aux médias.

Le reportage à peine terminé, l'oncle Charles décroche rapidement le téléphone et appelle le père de Philippe.

— Je viens de vérifier le dernier courrier

électronique que m'a fait parvenir Philippe. Il écrit en effet qu'il est invité à la fête du 14 juillet, à l'Ambassade de France. Nous devrions d'abord nous assurer de sa présence à cette fête. Après tout, il a peut-être décliné l'invitation.

— Je téléphone immédiatement au ministère des Affaires étrangères pour avoir des nouvelles plus précises.

— Quant à moi, ajoute l'oncle, j'essaie d'entrer en communication avec ADIP AVIATION.

\*\*\*

Ce n'est qu'aux petites heures du matin qu'un fonctionnaire du Service des ambassades du ministère des Affaires étrangères rappelle enfin.

Il corrobore :

— Cette triste nouvelle a été confirmée par l'ambassade de notre pays en Colombie et par les représentants d'ADIP AVIACIÓN de Bogotá. Nous vous demandons de rester calmes. Le ministère fait des pieds et des mains pour s'assurer de la sécurité des ressortissants de notre pays et pour obtenir le plus rapidement possible leur libération. Votre fils n'est pas seul ; il y a notre ambassadeur et son épouse qui font aussi partie des otages. On essaie d'entrer en contact avec eux par tous les moyens possibles.

— Qu'attendez-vous pour négocier?

— Cette responsabilité appartient au gouvernement colombien. Notre gouvernement s'en remet entièrement à lui pour régler la crise au plus vite. Vous savez, la communauté internationale s'est déjà penchée sur le phénomène du terrorisme et elle avait conclu qu'il était maladroit de simplement accéder aux demandes des terroristes et de libérer les prisonniers. Nous devons nous attendre à ce que le gouvernement colombien suive cette voie.

— Alors, vous allez les laisser faire !

— Notre chef du gouvernement a fermement condamné ces actes de terrorisme et va continuer à agir en étroite collaboration avec les pays qui luttent contre le fléau du terrorisme. Comme je vous l'ai dit tout à l'heure, nous allons prendre tous les moyens pour entrer en communication avec le commando et les otages. En attendant, voici un numéro de téléphone que vous pourrez utiliser pour nous rejoindre en tout temps. Il y aura toujours quelqu'un pour vous informer.

***

Dès le lever du jour, l'oncle Charles s'installe devant son téléviseur, recherchant des signes ou des informations qui lui permettraient d'espérer la libération prochaine de Philippe.

Les premières images du réseau américain CNN, installé au deuxième étage d'un immeu-

214

ble voisin de l'ambassade, montrent la résidence entourée de nombreux policiers et soldats, « plus de 300 », selon le journaliste.

« On se croirait à Bagdad, lors de la guerre du Koweït », ironise l'oncle Charles, assis, seul, devant son téléviseur.

La télévision montre aussi des camions de la Croix-Rouge venant livrer des vivres et de l'eau à l'ambassade.

Tout à coup, on annonce un *special report*.

Nous venons d'apprendre que le commando va libérer, ce soir, toutes les femmes détenues en otage. Cette nouvelle a été confirmée par le représentant de la Croix-Rouge internationale et les forces policières.

CNN continue impudemment à décrire en long et en large la prise d'otages et tente d'expliquer les raisons qui ont motivé ce geste des terroristes, sur fond de policiers patrouillant avec des chiens berger allemand vêtus d'un poncho sur lequel on retrouve les initiales de la force policière, *PNC, Policiá Nacional de Colombia*.

*\*\*\**

Selon la police colombienne : « La FARCE est apparue dans les années 1980. Le mouvement est donc relativement récent. Il vise à créer des foyers révolutionnaires non seulement en Colombie, mais aussi au Pérou, en Bolivie, en Équateur et au Chili.

« La FARCE a mené ses actions les plus spectaculaires dans la décennie 80. Depuis le début des années 90, elle a organisé l'évasion d'une cinquantaine de ses militants d'une prison colombienne en creusant un tunnel de plus de 200 mètres de longueur. Depuis 1990, le mouvement est subitement devenu silencieux suite à la capture de son chef, Roberto Ocampo.

« La guérilla se terre dans la forêt amazonienne, ce qui explique les difficultés de l'armée à venir à bout du mouvement, les soldats n'osant pas s'aventurer dans cette région reconnue comme inhospitalière. »

\*\*\*

Sur le coup de 18 heures, l'oncle et Isabella s'installent encore devant le téléviseur.

En direct, le réseau CNN, via la télévision colombienne *El primer canal* de Bogotá, attend la libération des femmes.

Les cordons policiers ont peine à contenir les centaines de journalistes qui se massent devant l'ambassade pour ne pas manquer ce défilé « nouvelle vague ».

Après quelques minutes, elles apparaissent enfin, en courant, la tête entre les deux jambes. Elles sont tout près d'une quarantaine, les traits tirés, encore vêtues de leur robe de soirée, toute fripée.

Elles sont immédiatement entourées par les forces policières et prises en charge par des membres de la Croix-Rouge colombienne.

Isabella réagit vivement à la vue de ces images :

— Ça me choque de voir ces femmes sortir de l'ambassade en robe de soirée et être accueillies par une horde de journalistes et de policiers.

— Du sensationnalisme ! Du voyeurisme ! C'est ce qui fait marcher les médias. Ils ne se nourrissent que des « trois S » : le sexe, le sang et le sensationnel. Voilà leur recette !

***

En soirée, le père de Philippe reçoit un appel du fonctionnaire du ministère des Affaires étrangères :

— D'abord, j'aimerais vous rassurer. Les terroristes ont affirmé leur intention de respecter l'intégrité physique et morale de leurs captifs et n'ont pas donné suite à leurs menaces d'exécuter un à un les otages. Ils comptent cependant maintenir leur siège.

Quant à votre fils, Philippe, il se passe des choses que nous ne comprenons pas. Dans la première heure qui a suivi la prise d'otages, le chef du commando a demandé s'il y avait quelqu'un qui s'appelait Felipe. Selon des femmes qui ont été libérées, Philippe a attendu quelques secondes puis s'est approché en acquiesçant. Ils l'ont amené dans une autre pièce, au second étage, et elles ne l'ont pas revu.

— Ont-elles eu de ses nouvelles par la suite ?

— Elles sont formelles. Elles affirment n'avoir rien vu, rien entendu, si ce n'est quelques coups de feu au moment où elles ont été libérées. Elles ont demandé au *comandante* ce qu'il était advenu de Philippe et l'homme est resté muet comme une carpe. Le gouvernement de notre pays a demandé au médiateur de la Croix-Rouge de s'assurer de la présence de Philippe dans l'ambassade et de son intégrité physique.

\*\*\*

Le surlendemain midi, soit 40 heures après le début de l'assaut, le commando relâche les présidents de compagnie, quelques hauts fonctionnaires et un certain nombre de diplomates, sauf ceux des pays les plus industrialisés, notamment ceux des États-Unis, du Québec, de la France, de l'Allemagne, de l'Angleterre et du Japon.

Le fonctionnaire rappelle pour donner des nouvelles de Philippe.

— L'intermédiaire de la Croix-Rouge a rencontré le chef du commando. Votre fils est sain et sauf.

— Pourquoi alors l'ont-ils isolé des autres otages ?

— Nous ne le savons pas encore et c'est ce que nous tentons d'éclaircir. Nous collaborons avec les gouvernements colombien, américain et français pour essayer de trouver le rapport entre la prise d'otages et l'isolement de Philippe. Apparemment, votre fils serait la personne recherchée. Si vous avez des indices permettant de clarifier cet imbroglio, donnez-les-nous tout de suite. Pour l'instant, nous souhaiterions que ces informations demeurent confidentielles. Il est possible que les médias, aussitôt qu'ils apprendront que Philippe est probablement la personne visée par cette action terroriste, cherchent par tous les moyens à communiquer avec vous ou avec d'autres membres de sa famille. Nous vous demandons de ne pas faire de déclaration qui risquerait de mettre inutilement sa vie en danger.

— Le commando est-il agressif envers Philippe ?

— Selon la Croix-Rouge, les discussions sont cordiales et les membres de la FARCE se montrent très disciplinés ; ils traitent leurs otages d'une manière très correcte. Ces derniers sont très calmes, courageux et font preuve de beaucoup d'endurance. Certains souffrent d'hypertension et d'insuffisance cardiaque. Leur moral est très bon. Toutefois, le commando semble décidé à défendre ses positions coûte que coûte. Les dames qui ont été libérées ont vu ses membres disposer des explosifs tout autour de la résidence. De plus, ils auraient placé, au deuxième étage de l'ambassade, des tireurs d'élite équipés de fusils dotés de lunettes à visée infrarouge.

***

Au cours des cinq journées suivant le raid du commando, il n'y a pas de développement majeur de la crise.

Comme prévu, le gouvernement annonce qu'il ne négociera jamais avec les terroristes. Toutefois, selon plusieurs commentateurs, il est soumis à une pression énorme de la part de la communauté internationale, surtout des pays qui veulent la libération de leur diplomate.

Quant au fonctionnaire du ministère des Affaires étrangères, il appelle le père de Philippe deux fois par jour pour le mettre au courant de la situation. Ce dernier communique à son tour avec l'oncle Charles pour lui donner les derniers détails. Il estime plus prudent de ne pas lui révéler que le commando semblait précisément rechercher Philippe.

***

Les parents de Philippe traversent difficilement cette crise. Ils ont l'impression qu'on considère leur fils comme un jouet qui peut servir éventuellement de monnaie d'échange.

Ils vivent dans l'angoisse de voir la police se

lancer à l'assaut de l'ambassade ou encore d'apprendre que les guérilleros, dans un geste de désespoir, ont abattu leur fils.

Ils dorment peu et s'accrochent à toutes déclarations ou gestes susceptibles de leur redonner espoir.

\*\*\*

À chaque jour qui passe, l'oncle Charles et Isabella deviennent de plus en plus téléphages.

Ils regardent toutes ces images et se demandent si la prise d'otages ne fait pas partie d'un immense cirque. L'événement attire de nombreux marchands ambulants et des centaines de journalistes colombiens et étrangers qui se sont installés dans le quartier, comme si tous s'attendaient à un long siège.

\*\*\*

Au sixième jour, *El Tiempo*, le plus grand quotidien de Bogotá, publie, à la une, la nouvelle suivante, reprise par tous les médias du monde entier :

*Méprise sur les otages*

*Selon une rumeur qui circule, le commando qui s'est emparé d'une centaine d'otages à l'Ambassade de France, recherchait un individu du nom de Felipe.*

C'est un serviteur qui, ayant aperçu quelques membres du commando, a donné l'alerte. Le groupe n'aurait donc pas bénéficié de la complicité de l'intérieur de l'Ambassade.

Surpris et probablement pris de panique, le chef des guérilleros n'aurait pas eu d'autres choix que de s'emparer d'abord d'une dizaine de personnes qui discutaient dans le jardin de l'ambassade. Puis il força les autres à venir dans le jardin pendant que ses hommes fouillaient la résidence à la recherche d'autres invités.

On ignore la véritable identité de ce Felipe ainsi que les raisons pour lesquelles la FARCE s'intéresse tant à lui.

Les porte-parole de la police et de l'armée n'ont pas voulu confirmer ni infirmer cette rumeur.

L'oncle Charles, qui écoute cette nouvelle sur la chaîne nationale, laisse échapper, les dents serrées :

— C'est lui qu'ils voulaient !

Il ne sait pas encore qui se cache derrière le « ils », bien que son intuition lui dicte que cette action du commando est la réponse à la carte de tarot qui est apparue sur l'écran de l'ordinateur de son neveu.

« J'ai l'impression que cette action du commando est directement reliée à la découverte de Philippe. »

Sur ce, il téléphone illico au père de Philippe qui connaissait la nouvelle, ayant déjà été averti par le ministère des Affaires étrangères.

\*\*\*

Au septième jour, le réseau CNN annonce que la prise d'otages ne serait pas étrangère à la demande d'extradition du célèbre narcotrafiquant Raúl Escarbia par les États-Unis.

*Selon une source du Département d'État qui a voulu garder l'anonymat, les terroristes qui, par le passé, ont eu des liens étroits avec les narcotrafiquants, ont ajouté une autre condition : en plus de la libération de leur chef et de leurs camarades, ils exigent que les États-Unis abandonnent leur demande d'extradition de Raúl Escarbia.*

*Raúl Escarbia, le célèbre chef du cartel de Cali, est emprisonné depuis quelques années dans la très luxueuse prison de Cali, construite expressément pour lui. Sa cellule est équipée de moyens de communication les plus modernes qui soient : cellulaires, micro-ordinateurs, Internet, etc. Il peut recevoir qui il veut, quand il le veut. Une situation que les États-Unis jugent inacceptable.*

*Ils réclament son extradition pour le juger pour des crimes commis sur le territoire américain.*

*Or, on sait que le célèbre narcotrafiquant lutte depuis son arrestation pour ne pas être extradé.*

*Toujours selon notre informateur du Départe-*

ment d'État américain, les autorités ne comprennent pas pourquoi le commando recherchait le ressortissant québécois. Elles ont, de plus, de la difficulté à établir un lien entre sa capture et la demande d'extradition des États-Unis.

*** 

Peu après cette nouvelle rumeur lancée par CNN sur l'exigence supplémentaire du commando, l'oncle reçoit un appel de Manuela, tout en pleurs :

— Oncle Charles, j'ai peur ! J'écoute depuis une semaine tous les reportages sur la prise d'otages à Bogotá et sur Felipe. Et, là, j'apprends que le commando terroriste veut que les États-Unis abandonnent leur demande d'extradition en échange de la libération des prisonniers. Je viens de parler à mon frère qui est en Colombie. Voici ce qu'il m'a textuellement dit : « *Ah ! Ah ! Al fin lo atrapamos. Espero que va a soltar la lengua.* »

— Ouais ! Peux-tu me traduire ? Je n'ai pas sous la main mon dictionnaire espagnol ; Isabella est dans une autre pièce.

— « Nous l'avons enfin eu. J'espère qu'il va cracher le morceau. » Felipe m'a tout raconté au sujet des papiers qu'il a découverts. Je me demande si ce n'est pas de cela dont voulait parler mon frère.

— Quand Philippe t'a-t-il parlé de ces papiers ?

— Je savais depuis le début qu'il avait découvert quelque chose d'important puisque j'étais avec lui. Il a été plus explicite lorsqu'il est venu me voir à l'université, il y a quelques semaines. Il m'a aussi envoyé deux courriers électroniques pour me parler de mon pays et d'une carte de tarot qui est apparue sur l'écran de son ordinateur. Mon frère est au courant.

L'oncle Charles est furieux.

\*\*\*

Ainsi, les soupçons que l'oncle Charles entretenait ces derniers jours s'imposent avec plus de force dans son esprit. « Certificats d'actions, vandalisme, voiture blanche, prise d'otages, frère de Manuela... » Tout cela commence à faire une histoire bien ficelée.

\*\*\*

Après l'appel de Manuela, il prend rendez-vous avec un haut fonctionnaire du ministère des Affaires étrangères avec qui il discute longuement de stratégies.

Dès son retour à la maison, il va retrouver Isabella et lui dit :

— Fais tes valises, nous partons pour la Colombie. J'ai besoin d'une interprète.

Il ne l'invite pas uniquement pour cette fonction. En plus de parler très bien l'espagnol, Isabella aime également les voyages.

Il aurait pu dire aussi qu'il ne voyage jamais sans son épouse. C'est pourquoi, en faisant ses valises, elle lui a répondu :

— *Es otra historia, algun diá te la contaré.*

— Quoi ?

— Je te raconterai, un jour...

# Chapitre 14

Philippe ronge son frein depuis une semaine, séquestré dans ce bureau décoré sur mesure pour un diplomate français. Il tourne en rond, lit, dort, essaie d'entrer en communication avec ses geôliers, échafaude mille et un plans d'évasion, puis retourne à la case départ, c'est-à-dire, tourner en rond, lire, dormir, élaborer d'autres scénarios surréalistes...

\*\*\*

Il essaya de s'enfuir une première fois. C'était au début, quand des hommes armés jusqu'aux dents ont fait irruption dans le jardin de l'ambassade. Il discutait avec l'ambassadeur du Québec et son épouse tout près de la porte qui donnait sur la rue. Il avait essayé de s'esquiver derrière le garde armé. Surpris, il reçut un coup de crosse de fusil derrière la tête et on lui montra rapidement le bon chemin, celui du grand salon où se trouvaient déjà plusieurs invités.

Il avait rejoint les autres avec un brin d'insolence propre à son âge. Il a rapidement retrouvé tous ses esprits quand le chef du groupe armé s'amena devant tous les dignitaires et demanda sèchement :

— ¿ *Cúal es Felipe* ?

L'image du pendu lui était subitement apparue dans toute son horreur. Avec toutes les conséquences qu'elle impliquait ! Était-il prisonnier de bandits ou de guérilleros ? Le recherchait-on pour le pendre lui aussi ?

Il avait hésité. Peut-être s'agissait-il d'un autre Felipe, après tout. Au second appel, il en conclut qu'il était le seul Felipe du groupe.

Il s'était avancé en disant :

— *Soy Felipe, señor.*

— *Sígueme.*

Philippe l'avait suivi, escorté par deux hommes armés de puissantes mitraillettes.

Ils ont grimpé le large escalier qui mène au second étage et pénétré dans un grand bureau.

Le chef et ses deux acolytes ont fouillé partout. Ils ont arraché le fil du téléphone et celui du fax. Ils ont regardé derrière les tableaux comme s'ils cherchaient quelques microphones cachés. Ils ont regardé dans les tiroirs, probablement à la recherche d'armes à feu. Rassuré, le chef a demandé à un de ses hommes de tirer les rideaux et de rester devant la fenêtre. Il est reparti en refermant la porte derrière lui. Il avait exécuté tous ces gestes avec un sang-froid remarquable, comme s'il maîtrisait déjà très bien la situation.

Contrairement aux autres membres du groupe qui paraissaient nerveux, prêts à tirer sur n'importe qui, pour n'importe quelle raison.

Philippe était resté debout quelques instants, les bras ballants, ne sachant trop quoi faire. Il se frotta la nuque, regarda sa main pour vérifier s'il n'y avait pas de sang. L'homme à la fenêtre – sans doute avait-il perdu sa langue sur un champ de bataille ! – lui fit signe de s'asseoir sur le sofa de cuir.

Philippe risqua une question :

– *¿ Qué pasa ?*

L'homme le regarda, entrouvrit les rideaux, regarda attentivement à l'extérieur, les referma, regarda de nouveau Philippe. Son visage n'exprimait aucune émotion, si ce n'est quelque mouvement d'inquiétude lorsqu'il jetait un coup d'œil à la fenêtre.

Philippe se leva et reprit sa question, voulant savoir ce qui se passait. L'homme lui montra le canapé avec son arme. Philippe comprit immédiatement le message.

Il regagna rapidement son siège, parcourut la pièce du regard et se dit : « Bon ! Réfléchissons. » Mais, comment réfléchir quand il entend toutes sortes de bruits à l'extérieur de l'édifice, des gens qui courent dans l'ambassade, qui montent ou qui descendent l'escalier au pas de course, des ordres qui sont criés, des pleurs qui sont étouffés.

Philippe passa la nuit sans réfléchir, la peur au ventre, hanté par des hypothèses qu'il ne veut pas voir encore parce qu'il en redoute la terrible fatalité. Il se coucha sur le divan, ne quittant pas des yeux l'homme à la fenêtre qui continuait à jeter sporadiquement un coup d'œil à l'extérieur.

*\*\*\**

Aux petites heures du matin, il ouvrit péniblement les yeux. Combien de temps avait-il dormi ? Il ne le savait pas trop. Il était courbaturé et, surtout, avait une envie pressante de satisfaire des besoins naturels. Mais comment expliquer son malaise à l'homme à la fenêtre ?

Il cherchait le mot juste lorsque le chef pénétra dans le bureau avec un autre garde qui venait remplacer son geôlier.

Philippe s'approcha de l'officier et, montrant ses organes génitaux, serra les genoux. L'officier fit le tour de la pièce et se dirigea vers une petite porte. Il avait rapidement repéré les toilettes. Il s'assura qu'il était impossible de s'enfuir à partir de cette pièce et fit signe à Philippe d'y aller. Ce dernier était déçu. Il voulait aller à l'extérieur, pour voir ce qui s'y déroulait.

*\*\*\**

La deuxième tentative d'évasion eut lieu la

journée même. Il y avait beaucoup de va-et-vient dans l'ambassade. Des hommes criaient souvent, de partout. Il a semblé à Philippe que la même activité fébrile se passait à l'extérieur. Philippe se mit à observer les lieux, espérant une faille dans le système de sécurité du commando. Il se plaisait à l'appeler ainsi parce qu'il était maintenant évident qu'il était détenu par ces guérilleros dont on lui avait parlé lors de sa formation, à son arrivée en Colombie.

L'occasion s'était présentée lorsque le chef était venu chercher son gardien. Il avait besoin de lui immédiatement. Philippe n'était pas très fort en espagnol, mais il avait tout de même saisi assez de mots pour comprendre que le commando s'apprêtait à libérer les femmes.

En sortant, le guerrier fit signe à Philippe d'aller s'asseoir sur le sofa et il disparut.

Philippe s'était immédiatement précipité à la fenêtre. Elle donnait sur la cour intérieure où il avait été fait prisonnier. Ce qu'il vit était impressionnant. Au-delà du mur de protection des terrains de l'ambassade, une foule de soldats et de policiers surarmés, qui surveillaient attentivement l'ambassade ou lui-même, il ne le savait trop. Il y avait des voitures avec des gyrophares en activité, de nombreuses ambulances, des camions d'incendie, des caméras de télévision...

Dans le jardin, des guérilleros dissimulaient, çà et là, des charges de dynamite, probablement pour se protéger d'éventuelles attaques. Pendant ce temps, Philippe vit la grille d'entrée de l'ambassade s'ouvrir et un homme s'avancer seul. Il avait sur le corps une immense croix rouge. Il entra dans l'ambassade et en ressortit quelques minutes plus tard, accompagné de nombreuses dames en tenue de soirée.

« C'est le moment ou jamais », s'était dit Philippe. Il ouvrit la fenêtre, se laissa glisser sur le toit et rampa jusqu'au-dessus de la porte d'entrée. Il fut rapidement repéré par les artificiers en herbe qui s'affairaient dans le jardin. Ils tirèrent quelques coups de feu en l'air pour attirer l'attention de leurs comparses. Les femmes se mirent à courir vers les policiers, tête baissée. Les guérilleros intimèrent l'ordre à Philippe de rentrer à l'intérieur. À peine revenu dans le bureau, deux gardiens accoururent et le brutalisèrent, question de le dissuader pour l'avenir. Et, pour le punir une fois pour toutes, ils l'attachèrent à une chaise. De plus, on plaça à sa fenêtre un homme armé de grenades et d'un fusil équipé d'une lunette à visée infrarouge, pour parer à toute éventualité d'attaque la nuit.

***

Surexcité par ce qui venait de se passer, puis, vidé de toute son énergie, Philippe sombra dans un profond désespoir. Il arrêta de manger, dormit peu, pleura silencieusement.

Après plusieurs heures – cinq, sept, dix, douze ? Philippe l'ignorait, ayant perdu la notion du temps –, on le détacha et il put faire les cent pas dans la pièce. Il se coucha de nouveau et essaya une autre fois de trouver le sommeil.

À demi réveillé, il entendit deux hommes qui discutaient à voix basse sur le seuil de la porte. Il entrouvrit lentement les yeux, assez pour apercevoir le chef des guérilleros discuter avec l'homme à la croix rouge.

Philippe écouta attentivement. Il était question des raisons pour lesquelles « Felipe » était tenu à l'écart des autres otages. « Qu'avait-il fait de particulier ? Quels liens y avait-il entre lui et eux ? » Philippe avait entendu cette réponse, cette effroyable réponse du chef des guérilleros :

— Des amis le recherchent.

Depuis quelques jours, il refusait de regarder l'inéluctable réalité. Il savait maintenant que le ciel venait de lui tomber sur la tête. « Des amis le recherchent. » L'empereur ! L'image du pendu devint omniprésente comme elle s'était imposée si violemment sur son écran d'ordinateur. « Le pendu... Moi... » Il se vit soudainement pris dans les mailles du filet de l'Empereur.

\*\*\*

Assez curieusement, à partir de ce moment, une autre image s'installa dans son esprit. Il se rappela tout à coup cette bataille « des trois Empereurs » dont lui avait parlé son oncle. Il aimait citer cette célèbre phrase de Napoléon 1$^{er}$: « Il vous suffira de dire : j'étais à la bataille d'Austerlitz pour qu'on vous réponde : voilà un brave ! »

L'oncle Charles avait visité un ancien château tchèque converti en musée, commémorant la bataille des trois Empereurs, au mois de décembre 1805. Cette bataille s'était déroulée à Austerlitz, aujourd'hui Slavkov, une petite ville située au sud de Prague, tout près de Brno.

Selon la version tchèque, il y avait, d'un côté, les alliés, le tzar Alexandre 1$^{er}$ et François 1$^{er}$ d'Autriche avec une armée trois fois supérieure en nombre. De l'autre, il y avait l'ennemi, Napoléon 1$^{er}$. Avec beaucoup moins de soldats. Il remporta la victoire en usant de stratégies et de ruses.

Le courage du célèbre empereur français donna de l'énergie à Philippe. « Il faut que je fasse preuve d'imagination, sans toutefois éveiller les soupçons. Jamais deux évasions sans trois, doivent-ils se dire maintenant. Prudence, mon vieux! »

Imagination, imagination... Comment en faire preuve, prisonnier dans un bureau sombre avec un homme armé derrière la porte d'entrée et un autre devant la fenêtre ?

Philippe avait fait lentement le tour du plafond, des murs, de la ventilation. Après tout, n'a-t-il pas déjà vu dans des films des gens s'enfuir par des couloirs de ventilation ? Il demanda la permission d'aller aux toilettes pour revoir la grandeur de la fenêtre, des placards... Il revint dans la pièce et aperçut dans le coin, derrière son sofa, un ordinateur. Il changea de position et se coucha face à l'appareil. « Est-il relié à une prise de téléphone ? Oui. Est-il branché à une prise de courant ? Oui. Et si je leur demandais de l'utiliser pour m'amuser, pour passer le temps ? »

***

La réponse du chef fut catégorique. Il n'était pas question d'utiliser l'ordinateur. Philippe remarqua tout de même que ses « hôtes » ne débranchèrent pas l'appareil. Un bon point pour moi, s'était-il dit.

Une idée tortueuse lui passa alors par la tête. « Pourquoi ne pas faire une grève de la faim afin de les forcer à me donner la permission d'utiliser l'ordinateur ? » Après avoir rapidement pesé le pour et le contre, il décida de passer à l'action.

À partir de ce moment, il refusa toute nourriture. Quand on lui apportait un plat, il se levait, allait aux toilettes, le vidait dans les cabinets et tirait sur la chasse d'eau, sous le regard incrédule du garde armé. Et il réclamait de l'eau. Inquiété par ce manège, le garde armé appela son chef. Ce dernier regarda Philippe, quitta la pièce et revint quelques minutes plus tard avec une grosse bonbonne d'eau qu'il déposa près de lui. Il avait un large sourire suspendu à ses lèvres. Déçu, Philippe lui tourna le dos et fit semblant de vouloir dormir.

Dormir ? Pas tout à fait. Il voulait réfléchir, car il n'avait pas prévu cette riposte des guérilleros. Il était insulté, lui qui croyait qu'on allait se mettre à genoux pour qu'il mange. Advienne que pourra, il avait pris une décision, eh bien ! il la maintiendrait !

***

La grève de la faim dura deux jours. Les guérilleros commençaient à être désespérés. Ils chuchotaient de plus en plus souvent entre eux. Puis, un après-midi, leur chef vint le voir, accompagné de l'ambassadeur du Québec. Philippe lui expliqua qu'il ne voulait que s'amuser avec l'ordinateur. L'ambassadeur insista tant et si bien que le chef donna enfin son accord... à condition que Philippe mange d'abord.

Philippe mangea peu, assez pour contenter le chef. Et, il se traîna jusqu'à l'ordinateur. Il poussa le bouton et vit avec satisfaction qu'il fonctionnait. Sa joie fut cependant de courte durée, un message apparut à l'écran demandant le mot de passe. Philippe se tourna vers l'ambassadeur et le chef.

— Il me faut le mot de passe.

Le chef partit aussitôt et revint avec l'ambassadeur de France. Malheureusement, seul le premier secrétaire de l'ambassade possédait cette information et il venait d'être libéré avec d'autres invités.

\*\*\*

Cette journée-là fut difficile pour le jeune homme. Ses nerfs avaient été mis à rude épreuve. « Avoir un ordinateur qui fonctionne et ne pas être capable de s'en servir ! » Et le pire : « Avoir fait la grève de la faim pour rien ! » Une autre fois, il passa de l'espérance au désenchantement. Il prit un livre dans la petite bibliothèque et essaya de lire. Les mots sautaient ici et là sur les pages. Il ne pouvait pas se concentrer.

\*\*\*

Au sixième jour, Philippe comprit enfin tout ce qui se tramait à l'intérieur et à l'extérieur de l'ambassade.

Le matin, le chef était venu voir son geôlier et lui avait montré un journal. Il semblait très mécontent et soucieux. Il n'arrêtait pas de regarder tour à tour le journal et Philippe. Le garde armé lut la première page avec stupeur. Philippe leur demanda ce qui se passait.

Une autre fois, le chef du groupe ne répondit pas et s'en alla en refermant la porte derrière lui.

Pendant ce temps, son geôlier dévorait chaque ligne de cette mystérieuse première page.

« Je dois mettre la main sur ce journal », se dit Philippe.

L'occasion arriva plus rapidement que prévu. Le garde armé dut s'absenter pendant plusieurs minutes. L'autre demeura sur le seuil, jetant alternativement un regard sur son otage et sur l'escalier.

Philippe en profita, dans un moment de distraction, pour attraper le journal et le dissimuler sous son chandail. Il demanda la permission d'aller aux toilettes, permission qui lui fut accordée sur-le-champ.

Philippe se vit à la une du journal *El Tiempo*. Il posait fièrement devant son hélicoptère. Il se rappela le moment où cette photo avait été prise par un confrère de travail.

L'article principal spécifiait que la personne recherchée par le commando de la FARCE était... lui-même !

« Enfin, une confirmation, ciel penché ! »

# Chapitre 15

Aussitôt après avoir déposé leurs bagages au Hilton de Bogotá, l'oncle Charles et Isabella se dirigent au bureau de la Présidence, avec, en poche, un document officiel de leur gouvernement. De là, accompagnés d'un émissaire du gouvernement, ils se rendent au quartier général des forces policières installé provisoirement près de l'ambassade.

Quelques heures plus tard, il est en présence de l'intermédiaire de la Croix-Rouge internationale :

— J'ai obtenu l'accord de mon gouvernement ainsi que de celui du président de la Colombie pour effectuer des démarches qui pourraient nous aider à dénouer l'impasse. Pour cela, il me faut entrer directement en communication avec mon neveu. Aussi, je vous demande d'adresser ma requête au chef du commando, le *comandante* Jorge.

Ce n'est qu'en soirée qu'une employée de la Croix-Rouge vient les prévenir de se tenir prêts. L'intermédiaire doit rencontrer le *comandante* et, si ce dernier accepte, l'oncle Charles pourra voir son neveu immédiatement.

***

Commence alors pour eux une attente si longue qu'elle leur semblera des siècles. Pour occuper le temps, ils marchent le long de barricades et regardent l'animation fébrile dans le quartier, telle qu'ils l'avaient vue à la télévision :

— Une véritable pantalonnade ! Regarde... Regarde ce quartier chic de l'ambassade, pris d'assaut par les forces policières, les voitures blindées, les camions de pompiers, les fourgons de désamorçage d'explosifs et les ambulances. Et toute cette animation commerciale qui n'a que peu de rapport avec la crise nationale. Regarde, au coin de la rue, ces toilettes portables flambant neuves, ces cabines téléphoniques et ce tas de bonbonnes d'eau. Et cette compagnie de boissons gazeuses qui distribue gratuitement ses bouteilles !

À tout moment, l'oncle Charles et Isabella sont abordés par des vendeurs de cigarettes, de chewing-gum, de bonbons et de cartes de téléphone. Les plus ingénieux proposent de rudimentaires ombrelles confectionnées avec du vieux carton pour se protéger de la chaleur.

Partout, il y a des journalistes, surtout des journalistes parisiens reconnaissables à leur accent pointu.

Certains voisins de la résidence de l'ambassadeur français ont profité de la présence de la presse étrangère pour se lancer dans le commerce. Un journaliste s'est vu proposer une chambre pour cent dollars américains, une voisine de l'ambassade a envoyé sa bonne vendre des piles pour les magnétophones et appareils-photos au double de leur prix normal.

Pour passer le temps, les journalistes s'interviewent entre eux. Les pages des journaux colombiens sont quotidiennement couvertes de photos et d'articles consacrés aux journalistes étrangers venus à Bogotá couvrir la crise.

Des records sont déjà en passe d'être établis. Deux chaînes de télévision locales, *El primer canal* et la *Nacional*, se disputent le record de durée de transmission en direct ininterrompue : 34 heures. La présentatrice de *El primer canal*, Martina Sánchez Diáz a même eu les honneurs de la chaîne de télévision américaine ABC.

Plusieurs photographes n'ont pas quitté les toits du quartier depuis le début de la crise. Leurs cartons de pizzas s'accumulent dans les poubelles des rues voisines.

L'oncle Charles est en train de partager avec Isabella sa colère face à toute cette bande de comédiens lorsqu'on lui annonce que sa demande d'entrevue est acceptée.

***

Ils se rappelleront longtemps leur entrée

avec l'intermédiaire de la Croix-Rouge dans l'ambassade devenue, pour la circonstance, une véritable forteresse.

À première vue, il n'y a personne. De chaque côté de l'allée, des chaises et des bancs placés les uns près des autres comme pour empêcher les gens de se promener dans les jardins.

« Ils ont déclaré à la télévision que des explosifs avaient été installés un peu partout dans les jardins. Ils sont bien dissimulés, car je n'en vois pas du tout la présence. »

Ils franchissent le seuil de la résidence et sont aussitôt accueillis par un guérillero, le visage à demi caché par un foulard et armé jusqu'aux dents. Il leur intime l'ordre de le suivre.

À gauche, dans un grand salon, d'autres guérilleros surveillent six hommes, en train de jouer aux cartes. Dans un coin, de grosses bouteilles d'eau et, sur une table, de la nourriture. Les joueurs regardent l'oncle Charles, Isabella et le délégué, avec l'air de se demander ce qui se passe.

Ces derniers marchent religieusement derrière l'homme armé qui se dirige vers un grand escalier. Il leur fait signe de monter. Un homme les attend là-haut, les mains derrière le dos.

L'oncle Charles remarque qu'à chaque fenêtre, il y a un homme avec un fusil muni d'une lunette.

L'intermédiaire présente l'oncle Charles et

Isabella à ce qui semble être le chef du groupe, le *comandante* Jorge.

L'homme sourit et lui tend la main :

— *Buenas tardes, señor. Pueden ver a su sobrino. Treinta minutos, nada más.*

— *Muchas gracias, señor*, répond l'oncle qui vient d'épuiser son répertoire de mots espagnols.

Le commandant venait de lui donner la permission de voir son neveu pendant 30 minutes.

L'oncle trouve le temps de penser en lui-même :

« Hum ! Elle est polie, cette crapule ! Enfin ! »

\*\*\*

Puis, tout se passe très vite.

Ils se dirigent vers une porte gardée elle aussi par un homme fortement armé.

Ils entrent. Philippe est en train de lire, étendu sur un sofa.

Il lève les yeux et, surpris, crie :

— Tante Isabella, oncle Charles !

— Philippe !

C'est Isabella qui se précipite la première dans ses bras. Ils sont silencieux. Ils pleurent tous les deux. Tous ceux qui sont dans la pièce aussi, y compris l'oncle qui essaie tant bien que mal de cacher ses larmes. Puis, c'est à son tour d'étreindre son neveu.

Les deux hommes sont peu habitués à montrer ouvertement leurs sentiments. Les yeux embués, ils sèchent gauchement leurs larmes, sous l'œil attendri des gardiens, du délégué de la Croix-Rouge et du *comandante* Jorge.

— Veux-tu bien me dire ce que tu fous ici ? lance l'oncle Charles. Depuis une semaine, tu fais la une des médias du monde entier. Et tu n'oses même pas avertir tes parents de ton escapade !

Philippe répond sur un ton tout aussi ironique :

— Je me suis payé des vacances sous observation. J'ai embauché des guérilleros pour m'enlever ; j'étais déjà fatigué de piloter l'hélicoptère. Trêve de plaisanteries ! Je suis dans le pétrin !

— Ça, tu peux le dire ! Venons-en au fait, car nous ne disposons que de 30 minutes.

— D'accord. Nous pouvons parler français puisque personne ne comprend cette langue ici, à l'exception de l'ambassadeur de France qui joue le rôle d'interprète de temps en temps.

— Comment vas-tu ? demande Isabella.

— Comme tu peux le constater, je me néglige. J'ai la barbe longue. Je porte les mêmes vêtements depuis une semaine. À part un coup de crosse sur la nuque, une grève de la faim pendant quelques jours et deux tentatives d'évasion, je réussis à survivre. Mais je m'ennuie à mourir.

— Tes parents sont morts d'inquiétude. Ils ont hâte de te revoir. Malgré tout, ils vont bien, physiquement parlant. Ils seront sûrement très contents d'avoir de tes nouvelles.

— Et Nathalie ?

— Elle a cessé temporairement son travail et reste avec ta mère pour la soutenir.

— Tout le Québec suit d'heure en heure les événements sur ta détention, s'empresse d'ajouter l'oncle Charles.

— De quoi souffres-tu le plus ?

— De la solitude. Je suis toujours seul, enfermé. Je viens à peine d'apprendre ce qui s'est passé depuis que je suis retenu prisonnier. J'ai réussi à mettre la main sur un journal que j'ai dû lire rapidement.

— Je vais te résumer la situation en deux temps, trois mouvements, réplique l'oncle Charles. Le commando qui t'a enlevé a commencé par réclamer la libération de leur chef et de leurs camarades. Puis, ils ont demandé aux États-Unis de laisser tomber la demande d'extradition de Raúl Escarbia. Personne ne comprend le lien entre ce narcotrafiquant, la FARCE et ton enlèvement.

Philippe fait comme s'il n'avait rien entendu.

— Et Manuela ?

Silence. C'est Isabella qui casse la glace :

— Qui est Manuela ?

— Une amie à moi. L'oncle Charles t'en parlera plus tard.

— Manuela m'a téléphoné, il y a quelques jours. D'ailleurs, c'est son appel qui m'a donné la force de venir te voir. Son frère, qui vit en Colombie, lui a téléphoné et lui a dit, à peu près ceci : « Ah! Ah! Nous l'avons enfin eu. J'espère qu'il va cracher le morceau! »

Philippe devient tout à coup pensif. Il réfléchit pendant plusieurs secondes. Son oncle l'examine de plus près.

« C'est vrai qu'il a les traits tirés. Il a maigri. Il a l'air fatigué, même s'il est au repos forcé. Il manque de sommeil. »

Philippe continue :

— Eux ne comprennent pas le français, mais moi, je saisis de mieux en mieux la langue espagnole. Voici où j'en suis dans mes réflexions. Je suis en captivité depuis une semaine. Une semaine à essayer de comprendre ce qui se passe. Quelles raisons ont poussé le commando à m'isoler dans cette chambre ? J'ai entendu par-ci, par-là des bribes de conversation et, comme on dit par chez nous, j'ai eu le temps d'attacher toutes les ficelles ou si tu préfères d'assembler les pièces du casse-tête.

L'oncle Charles sent le besoin d'ajouter une information :

— D'après ce que j'ai entendu à la télévision, c'est toi que le commando recherchait.

— C'est effectivement le cas. Ces derniers jours, j'ai surpris deux conversations. Dans l'une, le chef des guérilleros a dit à l'homme de la Croix-Rouge que des amis me recherchaient.

Dans l'autre, le *comandante* Jorge discutait avec l'ambassadeur français qui voulait aller dans son bureau. Il lui a dit que j'étais détenu parce que je suis très riche. Je serai libéré si les États-Unis laissent tomber la demande d'extradition de Raúl Escarbia et si le gouvernement colombien libère le chef du mouvement et ses camarades. Il faut que vous sachiez qu'ici, en Colombie, les narcotrafiquants et le groupe rebelle, la FARCE, entretiennent des liens de coopération très étroits. Il n'est donc pas surprenant que, si les narcotrafiquants voulaient me mettre la main au collet, ils aient utilisé les guérilleros. Surgit alors une autre question à mon esprit : « Comment savent-ils que je possède autant d'argent ? » Il y aurait donc un lien – établi par l'ambassadeur français – entre la prise d'otages, les narcotrafiquants et la Bellon & Sons Foundation. À moins qu'il y ait quelqu'un dans mon entourage qui les informe.

— Je ne suis pas rendu aussi loin dans mes réflexions, répond l'oncle. Cependant, quand j'ai su que les narcotrafiquants y étaient mêlés, j'ai alors eu l'intuition que ce lien était possible. Nos hypothèses convergent donc.

— De l'extérieur, y a-t-il des signes annonciateurs de ma libération ?

— Difficile à dire. Le gouvernement colombien ne veut pas négocier et reste fermement sur ses positions. Il y a une rumeur qui circule à l'effet que les Américains laisseraient tomber leur demande d'extradition et que le Mexique serait prêt à accueillir le commando.

— Crois-tu vraiment que les narcotrafiquants et les filous de la Bellon & Sons Foundation vont me laisser aller, maintenant que je suis entre leurs mains ? Je représente une trop belle monnaie d'échange.

— C'est précisément en grande partie pour cette raison que ta tante et moi sommes venus te voir. Nous devons démasquer la Bellon & Sons Foundation. Une des façons de le faire : utiliser l'opinion publique américaine.

— Je ne vois pas le rapport.

— Actuellement, les médias américains, CNN en tête, suivent attentivement le déroulement de la prise d'otages. Ta photo est présente partout. Nous devrions tenter un grand coup médiatique et dénoncer la Bellon. Cela forcera le gouvernement à enquêter sur ses agissements.

— Cela peut-il me nuire ?

— Je ne le crois pas. Reste à évaluer sérieusement nos chances avec tes parents et notre gouvernement. Si tu nous donnes ton accord, je mets la machine en marche.

— Je vous fais confiance. En démasquant ces paltoquets de la Bellon & Sons Foundation, nous connaîtrons enfin le dindon de la... farce.

Philippe a quand même le cœur à rire !

— Ainsi, les guérilleros n'auront pas d'autre choix que de me libérer et de s'exiler dans un autre pays.

— Maintenant, écoute-moi bien. Tu dois essayer d'en savoir plus. Si nos hypothèses se confirment, à l'effet que la Bellon est dans le coup, envoie-nous un signal. Par exemple, demande à l'intermédiaire de la Croix-Rouge internationale que tu désires manger ton fruit préféré, des pommes, et qu'il s'arrange pour le faire savoir aux journalistes. Pour nous, ce sera le signal que nous pouvons aller de l'avant avec notre projet. Avant de se quitter, as-tu une requête particulière ?

— Être libéré le plus rapidement possible. Tout simplement.

— Essaie de ne pas faire de gaffes. Sois fort, dit Isabella.

— Le mystérieux personnage qui me poursuit partout avait annoncé une très grande surprise pour moi. Il a eu raison. Si jamais je m'en sors vivant, je vais lui montrer de quel bois je me chauffe. Je vais lui en faire manger des pommes, ciel penché ! lance-t-il en faisant un clin d'œil à son oncle et à sa tante.

Puis, l'oncle Charles lui donne les dernières nouvelles sur ce qui se passe au Québec et dans le monde. Quelques minutes plus tard, le *comandante* Jorge fait signe aux visiteurs qu'il est temps de partir.

En franchissant le seuil de la porte, l'oncle Charles se retourne :

— Si on te questionne sur notre rencontre, tu réponds qu'on a parlé de la famille. Je ne ferai pas de déclaration à ma sortie, car, tu t'en doutes bien, il y a des centaines de journalistes qui font le pied de grue devant l'ambassade. Tout au plus, je leur dirai que tu te portes très bien, que tu es bien traité, que la solitude te pèse beaucoup et que tu espères être libéré bientôt.

— Merci. N'oubliez surtout pas d'embrasser mes parents et Nathalie.

\*\*\*

Comme prévu, le trio est assailli à sa sortie par une horde de journalistes et de photographes. L'oncle Charles fait une brève déclaration, dans le sens de la discussion qu'il a eue avec Philippe, et refuse de répondre à leurs questions.

# Chapitre 16

Dès que l'avion atterrit à l'aéroport de Mirabel, l'oncle Charles téléphone à maître Désiré Lavertu pour lui demander de le rencontrer dans la journée avec le père de Philippe.

« Une question de vie ou de mort », laisse-t-il tomber péremptoirement.

— Pourquoi ?

— Je ne peux pas en parler au téléphone. Les murs ont des oreilles. Les lignes téléphoniques aussi.

Puis, il communique avec le père de Philippe :

— J'ai des nouvelles. Nous devons nous voir immédiatement. Dans une heure.

***

En moins d'une heure, l'oncle Charles et Isabella sont chez les parents de Philippe. Ils leur racontent leur visite en Colombie et les assurent de la bonne condition physique et mentale de Philippe.

— Après notre rencontre avec Philippe et avec son accord, nous devons faire sortir le chat du sac. Je ne veux pas en parler ici. J'aimerais mieux le faire en présence de maître Lavertu et du fonctionnaire du ministère des Affaires étrangères. Venez avec nous à Québec.

Puis, le père de Philippe téléphone au fonctionnaire et lui suggère fortement d'être au bureau de maître Lavertu dans trois heures :

— Une question de vie ou de mort, dit-il en regardant l'oncle Charles du coin de l'œil.

***

Les deux couples partent sur-le-champ pour Québec.

Le père de Philippe est le premier à parler :

— Cette prise d'otages a assez duré. Mon épouse ne dort plus. Elle est constamment angoissée. Elle ne travaille plus. Son médecin lui a prescrit des médicaments. Nathalie aussi. Elle a demandé un congé de maladie et elle tient compagnie à sa belle-mère. Bref, cette histoire doit cesser le plus rapidement possible. Nous devrions faire tout ce qui est en notre pouvoir pour en assurer le dénouement. Cependant, il y a une condition : ne pas mettre la vie de Philippe en danger. N'oubliez pas ce qu'a dit le fonctionnaire du ministère des Affaires étrangères. Il a été catégorique là-dessus.

***

Au bureau de maître Lavertu, l'oncle Charles est plus explicite :

— Voici les conclusions de la discussion qu'Isabella et moi avons eue avec Philippe. Ce dernier a amplement eu le temps de réfléchir à la situation. Des bribes de conversation entendues ici et là laissent supposer que l'action du commando visait essentiellement Philippe. De un, les terroristes auraient agi au nom des narcotrafiquants. Cependant, ayant été repérés trop tôt, ils sont obligés d'aller au bout de leur geste et ils ont dû prendre des personnes en otage. Ils réclament la libération de leur chef et de leurs camarades, sans quoi ils perdent la face, et non la farce, comme l'a si bien dit Philippe. De deux, les narcotrafiquants ont aussi leur demande. Ils veulent que les États-Unis laissent tomber la demande d'extradition de Raúl Escarbia. On peut se poser la question suivante : Que viennent faire les narcotrafiquants dans cette prise d'otages ? Notre hypothèse est celle-ci. Les narcotrafiquants ont reçu une commande et ils l'ont utilisée pour exiger du gouvernement que Raúl Escarbia continue à purger sa peine en Colombie. Tout ce monde-là essaie d'obtenir quelque chose de plus, une sorte de bonus sur la commande initiale : la capture de Philippe en échange de ses certificats d'actions.

« Philippe est convaincu que les narcotrafiquants agissent comme façade à un autre groupe.

Il lui reste à vérifier quelques détails et il va nous envoyer un signal. »

— Comment peut-il le faire alors qu'il est en captivité, dans une pièce isolée, gardée à vue par des hommes fortement armés ?

— Nous avons convenu du code suivant. Après une visite à Philippe, l'intermédiaire de la Croix-Rouge internationale va déclarer à la presse que Philippe s'ennuie de son pays et qu'il aimerait manger ses fruits préférés, des pommes. Voilà. Aussi simple que deux et deux font quatre.

— L'autre groupe, je suppose, est la Bellon & Sons Foundation ?

— C'est notre hypothèse la plus forte. Nous croyons qu'il y a du monde à la Bellon qui a utilisé les narcotrafiquants. Logique, car Philippe travaille déjà à Cali. Tout se passe à l'extérieur des États-Unis et du Québec. Chacun y trouve son compte. Cependant, il y a quelqu'un qui a trop parlé dans l'ambassade de France.

— Il y a quelque chose qui cloche dans votre histoire, lance maître Lavertu. Sur quoi repose votre hypothèse quant au lien entre les narcotrafiquants et la Bellon & Sons Foundation ?

— Je l'ai ce lien, riposte l'oncle Charles. C'est Manuela, une amie de Philippe. Elle a reçu la visite de son frère qui travaille pour le cartel de Cali. Il aurait surpris un courrier électronique entre Philippe et elle, lors d'un séjour chez sa sœur. Flairant une affaire intéressante, il aurait mis le cartel au courant qui, à son tour, aurait communiqué avec la Bellon.

— Que voilà une intrigue qui me passionne au plus haut point ! Puis-je en rajouter sur ce que vous venez de dire ?

\*\*\*

Maître Désiré Lavertu ajuste son costume, remet à sa place une mèche de cheveu rebelle – et « colorée », pense Isabella –, se racle la gorge et dit :

— Je vais vous donner le résultat de mes recherches. J'ai déposé une mise en demeure auprès de la NACOM, lui enjoignant de me dire qui possède les certificats d'actions numérotés PTP 1000 à PTP 3500. Dès qu'elle l'a reçue, une rencontre a été rapidement organisée avec le trésorier et le secrétaire général de l'entreprise. Très, très grande a été leur surprise lorsque j'ai étalé les faits devant eux. Plus que les faits, ils sont restés bouche bée quand j'ai déposé, un à un, sur le bureau, les certificats numérotés. Après m'avoir assuré qu'ils étaient convaincus que la Bellon possédait tous ces titres, ils m'ont montré et photocopié tous les intérêts et dividendes payés par leur entreprise à la Bellon & Sons Foundation depuis 1937. J'ai aussi les photocopies de tous les chèques expédiés à la Bellon & Sons Foundation.

— Pourquoi la NACOM était-elle si convaincue que ces titres appartenaient à la Fondation ?

— En 1899, T. C. Bellon, le père des deux autres, meurt. Il laisse une partie de sa très vaste fortune à ses fils et crée une fondation à qui il lègue le reste. Richard imitera son père. Il donnera toute sa fortune à la Fondation en 1933. En 1937, après la disparition d'Andrew, la compagnie reçoit, d'un notaire américain chargé de disposer des biens du dernier Bellon vivant, un document, entériné par un tribunal américain. Ce document spécifie qu'en l'absence formelle de testament écrit, le désir, souventes fois exprimé par monsieur Bellon de céder tous ses biens à la Bellon & Sons Foundation de Pittsburgh constituait une sorte de testament. La NACOM a ainsi compris que toutes les actions détenues par la Bellon & Sons Foundation faisaient partie de l'expression « Tous ses biens ». On se rappellera qu'en 1928, les liens étaient très étroits entre les frères Bellon et la NACOM.

« Après analyse, nous considérons que la NACOM est de bonne foi. L'abus de confiance viendrait plutôt de la Bellon & Sons Foundation qui a laissé supposer qu'elle disposait de tous les certificats, ce qui n'est certes pas le cas aujourd'hui, nous le savons. »

— Maître, vous m'épatez ! lance l'oncle Charles alors qu'Isabella fait la moue.

— Par ailleurs, je suis maintenant en mesure de vous confirmer que le médaillon trouvé dans l'hydravion appartenait bel et bien à Andrew Bellon. En tant que Secrétaire au Trésor et ancien membre du gouvernement, il devait le porter sur lui. Je vous reconfirme aussi ce que je vous avais déjà dit, à savoir que la voiture blanche, qui était régulièrement sur vos talons, est immatriculée en Pennsylvanie et elle appartient à une agence de sécurité, responsable de la sécurité de tous les bâtiments de devinez qui ?

— La Foundation & Sons, lance d'un seul coup Isabella.

— Exact, répond l'avocat avec un sourire. Nous pouvons donc relier directement presque tous les événements survenus depuis plusieurs semaines à la Bellon & Sons Foundation. Or, celle-ci est très puissante. Elle a une bonne renommée aux États-Unis et elle est très riche. Ce qui n'est pas négligeable, croyez-moi ! Jusqu'à quel point la direction de cette fondation est-elle au courant de cette situation ? Nous l'ignorons pour l'instant.

« Pour en avoir le cœur net, et, sauf votre respect – Isabella fait encore la moue ! –, je me suis permis d'aller plus loin au sujet de la Bellon. Avec l'aide d'un bureau d'avocats américain, nous avons envoyé une autre mise en demeure à la Bellon & Sons Foundation lui demandant de payer tout l'argent dû sur les certificats ainsi que les intérêts et ce, depuis 1938. Nous avons exigé le montant suivant : vingt-cinq millions à six pour cent d'intérêt pendant soixante et un ans. Tenez-vous bien ! Cela donne le joli magot de huit cent soixante-quatorze millions et quelques poussières, en devises américaines. Nous lui avons aussi demandé de cesser de harceler nos clients. »

— Et la réponse ?

— La réponse ? L'enlèvement de Philippe, quelques jours à peine après qu'elle a reçu la mise en demeure. Nous serions donc rendus à l'étape d'intenter des poursuites contre cette fondation ou...

Maître Lavertu laisse traîner la fin de sa phrase.

Le père de Philippe, son épouse et Isabella reprennent en chœur :

— Ou...

L'oncle Charles sourit. L'avocat est rendu là où lui et Philippe sont déjà depuis un bon bout de temps.

Maître Lavertu poursuit :

— De la faire sortir publiquement.

Le silence règne dans la pièce. Tout le monde est suspendu aux lèvres de maître Lavertu qui, tel un juriste devant le box des jurés, use de tous ses talents de communicateur pour les convaincre.

— Nous faisons sortir la Bellon & Sons Foundation en utilisant l'opinion publique mondiale qui suit attentivement l'événement depuis les tout débuts. Les plus grands médias du monde sont à Bogotá : CNN, NEC, ABC, Reuter, Associated Press, France Presse, le Times de Londres, et j'en passe ! Ils y sont tous. Télévision, radio, photographes... Les plus grands médias de la planète, les plus regardés, les plus lus, les plus écoutés ! Que demander de plus ! Je vous propose de donner une conférence de presse à Washington, dans la capitale du pays le plus puissant du monde, celle où les plus grands médias ont un correspondant en permanence. Nous accuserons la Bellon & Sons Foundation d'être derrière la prise d'otages. Imaginez un instant l'effet de cette déclaration ! Une institution aussi noble qui devient mafieuse pour quelques dollars. Enfin ! Cette dénonciation va forcer le gouvernement américain à réagir rapidement et à faire enquête sur nos allégations.

— Cela ne risque-t-il pas de mettre en danger la vie de Philippe ?

— Au contraire. D'après moi, les terroristes voudront sauver les apparences et n'auront pas d'autre possibilité que de libérer leurs otages et de s'exiler au Mexique qui serait disposé à les recevoir, selon une rumeur qui circule. Quant aux narcotrafiquants, maintenant démasqués, ils ne s'opposeront pas à la libération de Philippe. Cependant, il faut s'attendre à ce qu'ils continuent d'exiger jusqu'à la dernière minute leur demande d'extradition. Qu'en pensez-vous ?

Le silence revient dans la pièce. Chacun est médusé par la démarche machiavélique de l'avocat.

L'oncle Charles poursuit :

— Philippe nous a aussi demandé de vérifier auprès du ministère des Affaires étrangères si cette stratégie est gagnante.

Puis, se tournant vers le fonctionnaire qui venait à peine d'arriver et qui avait entendu la fin de la conversation, il lui demande :

— Qu'en pensez-vous, monsieur ?

— Elle me paraît audacieuse, mais je crois qu'elle est porteuse de réussite. Je dois communiquer auparavant avec le cabinet du ministre. Donnez-moi une heure. Puis-je disposer d'un téléphone, maître ?

— Il y en a un dans la pièce d'à côté. Nous vous attendons.

L'avocat fait une pause.

— Et vous, madame, monsieur, vous êtes les parents de Philippe, donc les premiers concernés, êtes-vous d'accord avec cette stratégie ?

— D'accord.

— L'oncle Charles et Isabella?

— D'accord, évidemment.

\*\*\*

Le fonctionnaire revient une demi-heure plus tard.

— Il n'y a pas de problème au niveau de la direction des ambassades. Cependant, on montre beaucoup de réticences du côté politique. Le ministre a peur d'un faux pas qui risquerait de se retourner contre son gouvernement. Il préfère laisser cette décision aux parents de Philippe.

Tous les occupants de la pièce se regardent. Ils n'osent dire tout haut ce qu'ils pensent tout bas de la couillonnerie du ministre.

Après quelques instants d'hésitation, le fonctionnaire laisse tomber :

— Ah oui ! Au cabinet du ministre, on vient de recevoir des nouvelles de Bogotá. Votre fils semble avoir un bon moral puisqu'il aurait déclaré, à la blague, qu'il aimerait bien manger des fruits de son pays. Ils lui ont expédié une caisse de pommes !

— Voilà le signal que nous attendions. Monsieur le fonctionnaire – qui ne comprend pas ce qui est en train de se passer –, vous venez de nous donner le O.K. de Philippe. Tout le monde est d'accord pour une intervention médiatique. Nous allons de l'avant. Je vous suggère de garder cette conférence de presse la plus secrète possible. Dès demain, je rencontre mes associés américains. Nous allons nous adjoindre une grande firme de relations publiques pour organiser ce show médiatique. Il serait souhaitable que la compagne de Philippe, ses parents ainsi que l'oncle Charles et Isabella soient présents à cette rencontre de presse qui va faire tout un tabac, croyez-moi !

En entendant cette phrase, l'oncle Charles, qui connaît bien l'avocat, voit passer, dans les yeux de ce dernier, des centaines de caméras et des microphones prêts à avaler chacune de ses paroles.

# Chapitre 17

Dans la soirée du jeudi suivant, une convocation court sur les principaux fils de presse de la planète. Une véritable bombe qui relance de plus belle les rumeurs.

Les médias sont convoqués à une rencontre de presse au célèbre National Press Club de la capitale américaine. La convocation est rédigée sur du papier portant l'en-tête d'une multinationale des relations publiques, la Anderson World Communication. Le lieu et surtout le moment ont été stratégiquement choisis pour que les médias traitent de l'affaire pendant toute la fin de semaine.

La convocation est libellée en langues française, espagnole et anglaise :

*Vous êtes invité à une rencontre de presse qui aura lieu ce vendredi, à 14 heures, heure de Washington, au National Press Club, 6788 Pennsylvania Avenue.*

*L'objet : l'implication d'une tierce partie dans la prise des otages de l'ambassade de France à Bogotá.*

*Bruce Johnson, ARP*
*Anderson World Communication*
*(202) 541-2260*

En plus de la convocation, Bruce Johnson prend soin de téléphoner à quelques columnists de la capitale américaine pour leur suggérer de publier, à la une, un article sur le sujet en prenant soin de ne donner, à chacun d'entre eux, qu'une partie de l'information.

Ce qui donna les résultats suivants :

Quelques heures avant la rencontre de presse, la plupart des grands médias du monde parlaient d'une prise d'otages où se mêlent argent, drogue et guérilla, un mélange très explosif.

Certains avançaient que la CIA était encore derrière ce coup fumant.

D'autres établissaient un lien possible avec des institutions financières américaines.

Le plus précis fut, sans aucun doute, le columnist du *Washington Post* qui écrivit que les barons de la drogue avaient accompli un contrat pour une grande institution philanthropique américaine qui cherche à camoufler une immense fraude qui dure depuis plusieurs années.

***

Il y avait assez d'informations pour attirer des centaines de journalistes. Une heure avant le début de la rencontre, l'avenue donnant sur le National Press Club est complètement bloquée par des dizaines de camions de reportage munis de soucoupes, dans le but de retransmettre l'essentiel de la rencontre de presse en direct dans le monde entier, par satellite.

Dans la salle, journalistes, photographes et cameramen se bousculent pour avoir les meilleures places. La firme de relations publiques a prévu le coup et des dizaines d'employés s'affairent à placer tout ce monde à la bonne place, sachant lequel et lequel feraient le meilleur reportage puisqu'ils avaient reçu une primeur la veille.

\*\*\*

C'est Bruce Johnson qui ouvre cette rencontre de presse en se présentant lui-même et en n'oubliant surtout pas de mettre en valeur la Anderson World Communication comme la plus grande firme de relations publiques au monde.

L'oncle Charles, qui attend derrière le rideau, glisse à Isabella :

— Ce n'est certainement pas la modestie qui l'étrangle.

Par la suite, il présente une à une les personnes qui prendront la parole : l'oncle de celui qui est prisonnier des guérilleros, l'avocat représentant Philippe « ainsi que d'autres personnes dont nous dévoilerons les noms plus tard ».

— Cette firme a un sens de l'organisation très développé et, surtout, sait entretenir le suspense. Elle met ses cartes sur la table une à une, lui chuchote Isabella.

— De l'information spectacle, en conclut l'oncle Charles.

***

Bruce Johnson avait demandé à l'oncle Charles d'ouvrir la rencontre en rappelant les événements qui ont conduit à cette prise d'otages.

Il commence par raconter l'historique de la découverte de Philippe. Il oublie volontairement de parler aux journalistes de la Bellon & Sons Foundation. Il laisse à l'avocat le soin d'aborder ce chapitre. On en avait convenu ainsi pour éviter des poursuites éventuelles de la Bellon contre lui.

Puis, il parle de sa rencontre avec Philippe à l'ambassade de France à Bogotá. Une rencontre émouvante au cours de laquelle il a découvert la vérité.

Quand il avait préparé sa présentation avec la Anderson, Bruce Johnson lui avait suggéré de parler de sa « rencontre émouvante » avec des trémolos dans la voix.

— Les médias raffolent de l'émotion. S'ils voient que vous avez les larmes aux yeux, ils feront un zoom sur vous et vous courez la chance d'être la vedette des journaux télévisés pendant tout le week-end.

L'oncle Charles n'oublie pas de raconter les bribes de conversation captées ici et là par Philippe lors de sa captivité, bribes qui, mises bout à bout, révèlent l'ampleur de cette tragédie.

*** 

Bruce Johnson ne lui laisse pas le temps de terminer. Il présente maître Désiré Lavertu, « le procureur de l'otage Philippe ». Maître Lavertu est représenté aux États-Unis par le grand bureau d'avocat Baily, Maccarthy and Ogilvy. Maître Lavertu avait exigé d'être assis à côté de l'avocat américain quand celui-ci dévoilerait les véritables auteurs de la prise d'otages.

C'est maître Baily qui parle au nom de Désiré Lavertu :

— Permettez-moi de revenir une autre fois sur le déroulement de cette prise d'otages. Les terroristes qui ont capturé Philippe ont agi à la demande de narcotrafiquants avec lesquels ils entretiennent des relations étroites depuis plusieurs années. Ces derniers avaient projeté d'enlever Philippe à Cali même, lieu de son travail. Toutefois, ils ont dû agir plus rapidement que prévu, à Bogotá plutôt qu'à Cali. Pourquoi ? Parce que Philippe était invité à la fête du 14 Juillet, à l'ambassade de France. Ils ont alors demandé l'aide de la FARCE qui s'y connaît mieux en guérilla urbaine. Pourquoi les narcotrafiquants s'intéressent-ils tant à Philippe ? Pour deux raisons. D'une part, ils avaient un intérêt particulier à réaliser ce contrat : faire pression sur les États-Unis pour qu'ils abandonnent la demande d'extradition de Raúl Escarbia. Cet homme, tout le monde le sait, est incarcéré dans une prison construite expressément pour lui sur les hauteurs de Cali. D'autre part, ils y ont été poussés par un troisième groupe. Quel est ce groupe qui a passé une commande aux narcotrafiquants qui, eux, ont demandé l'aide des guérilleros ? Voilà sans doute la question qui vous intéresse !

Conformément à la suggestion de Bruce Johnson de laisser durer le suspense, maître Baily fait une pause, prend son verre d'eau, en boit une gorgée. Il dépose lentement son verre sur la petite table, à côté de son lutrin, regarde attentivement ses notes et poursuit :

— Les premiers responsables de cette prise d'otages sont des gens de la Bellon & Sons Foundation de Pittsburgh.

Autre pause. Cette fois-ci, il n'y a pas de silence. Les journalistes se lèvent d'un bond. Certains se précipitent à l'extérieur avec leur cellulaire pour transmettre cette primeur en direct. D'autres, dans un fouillis indescriptible, se mettent à questionner l'orateur. Bruce Johnson leur demande d'attendre la fin de l'exposé de l'avocat.

— Cette fondation, multimilliardaire, est une des plus puissantes aux États-Unis. Elle est surtout présente dans les domaines suivants : financement de la recherche universitaire, support au développement d'infrastructures des arts et de la culture, etc. D'où provient son financement ? La Bellon & Sons Foundation a hérité, au début du siècle, de la fortune personnelle des célèbres banquiers Bellon de Pittsburgh, incluant celle d'Andrew Bellon, le dernier vivant de la famille, et sans ayant droit. Ce dernier est disparu dans un accident d'hydravion dont on avait perdu les traces depuis. Or, cet hydravion a été retrouvé, il y a quelques mois, par Philippe, cet homme qui est détenu à l'ambassade de France à Bogotá. Cela ne fait aucun doute. Et, qu'a-t-il retrouvé dans cette épave ? Des certificats d'actions émis par la NACOM, signés, payables au porteur. Ces certificats valent aujourd'hui plus de huit cent millions de dollars. De quoi attiser la convoitise ! Ce sont ces certificats que la Bellon & Sons Foundation veut avoir. Pourquoi ? La Bellon & Sons Foundation a toujours déclaré à la NACOM être propriétaire des actions. Avec la découverte de Philippe, nous pouvons affirmer que la Fondation ne possédait qu'une partie du fonds d'actions légué par les Bellon. Pourtant, elle en a retiré les intérêts pendant plus de soixante ans. Des personnes travaillant à la Bellon ont appris dernièrement l'existence de ces certificats et sont prêtes à utiliser tous les moyens pour les récupérer. Nous avons la preuve qu'une agence de sécurité, à l'emploi de la Bellon & Sons Foundation, a essayé d'attenter à la vie non seulement de celui qui a trouvé ces certificats, Philippe, mais aussi de son amie Nathalie, de sa tante et de son oncle. Comment la Bellon & Sons Foundation a-t-elle été mise au courant de la découverte des certificats d'actions ? Qui a ordonné, à la Bellon & Sons Foundation, d'enlever Philippe pour négocier la remise des certificats ? Qui a donné l'ordre de piller et de saboter pour intimider l'auteur de la découverte ? Autant de questions qui demeurent sans réponse.

L'avocat commence à ralentir son débit, prend une allure solennelle et, d'une voix puissante, lance :

— Mesdames, messieurs, nous demandons au gouvernement américain d'instituer immédiatement une enquête sur les agissements de la Bellon & Sons Foundation et de poursuivre les coupables s'il y a lieu. Nous demandons au gouvernement américain de laisser tomber la demande d'extradition de Raúl Escarbia afin de permettre la libération de Philippe. Nous demandons au gouvernement du Mexique d'accueillir le commando de la FARCE afin de permettre un dénouement rapide de la crise, sans effusion de sang. Nous demandons au gouvernement colombien de donner un laissez-passer au commando pour le Mexique. Mesdames, messieurs, merci beaucoup.

***

Puis, Bruce Johnson, dans un moment d'une très grande intensité, présente aux journalistes le père, la mère ainsi que la fiancée de Philippe.

Il avait insisté sur ce terme dans le but d'émouvoir davantage cette très conservatrice classe moyenne américaine.

Selon ce qu'il avait été convenu, tous les trois se mettent à pleurer, les bras passés autour du cou et tenant dans leur main un mouchoir pour essuyer leurs larmes. Les médias sont comblés. Les cameramen et les photographes se précipitent pour capter, sur le vif, ces moments débordant d'émotion.

L'oncle Charles regarde tout ce théâtre du haut de la scène où il avait pris place aux côtés des avocats et de Bruce Johnson.

« Il est dommage que nous en soyons rendus là, à jouer la comédie pour sensibiliser ce peuple en mal de sensations fortes. »

***

Le spectacle produit son effet.

Aux nouvelles du soir, les titres tombent :

« Une fondation américaine derrière la prise d'otages en Colombie. »

« Narcotrafiquants et guérilla à la solde d'une fondation américaine. »

« Guérilla, drogue et argent : la prise d'otages à Bogotá. »

Les médias relatent, avec force détails, la rencontre de presse. Les bulletins télévisés présentent des scènes émouvantes des parents de Philippe et surtout de Nathalie sur le visage duquel on peut lire une grande douleur. Une scène qui conquiert instantanément le cœur des Américaines.

# Chapitre 18

Le 15 octobre, dix jours après son enlève-ment, Philippe arrive à l'aéroport de Mirabel.

En embarquant dans le car qui transporte les passagers de l'avion à l'aérogare, une hô-tesse lui demande de prendre place à l'avant du véhicule, à côté du conducteur. Surpris par cette requête, il lance, en souriant :

— J'espère que ce n'est pas une prise d'ota-ges, ciel penché ! Pourquoi, en avant ?

— Pour faire plaisir au conducteur qui a suivi toute votre histoire, se fait-il répondre.

Philippe se prête de bonne grâce à cette demande et se dirige vers l'avant du transporteur.

\*\*\*

La véritable raison de son déplacement, il la comprend lorsqu'il pénètre dans l'aérogare. Une foule immense est venue l'accueillir joyeuse-ment. Massée au second étage, elle crie et applaudit à tout rompre.

« Bravo ! Philippe ! Bienvenue au Québec ! Bienvenue parmi nous ! »

Une arrivée digne d'un héros !

Le jeune homme, peu habitué à ce genre d'attention, ne sait plus sur quel pied danser. Il sent monter l'émotion qui se répand dans tout son corps. Les sanglots partent de sa poitrine et atteignent rapidement sa gorge. Il a les larmes aux yeux.

Le souffle coupé, il salue la foule en lui envoyant, avec ses mains, des bouquets de baisers. En toute simplicité.

Il reste là, planté devant l'agent d'immigration, à regarder tout ce monde venu lui témoigner de la sympathie. Il pleure.

Que peut-il faire d'autre, dans de telles circonstances ?

Philippe se ressaisit et ses yeux commencent à parcourir la mezzanine à la recherche de visages connus. Un instant, il croit apercevoir Manuela et Jean-François. Mais, ils disparaissent rapidement dans l'affluence. Après un moment d'hésitation, il continue à scruter les gens à la recherche de Nathalie.

Soudain, il la voit. Elle est là, immobile, à s'essuyer les yeux, embarrassée par tous ces gens qu'elle voudrait voir très loin, pour pouvoir jouir de cet instant privilégié. Elle est avec ses parents, l'oncle Charles et Isabella.

Philippe se sent comme un adolescent. Il se met à gesticuler, à lever les bras au ciel en signe de victoire, à leur adresser mille baisers.

On entend une grande et longue ovation descendre du second étage au rez-de-chaussée.

Tous les employés d'immigration se lèvent et applaudissent celui qui a fait la une des médias du monde, ces derniers jours.

Même le chien beagle du ministère de l'Agriculture, habituellement préoccupé à renifler les bagages, se met à aboyer pour marquer son approbation à ce concert d'applaudissements.

L'agent d'immigration reçoit chaleureusement Philippe :

— Bienvenue au Québec.

— Merci. J'étais loin de penser que je serais l'objet d'un accueil aussi démonstratif.

— Avez-vous quelque chose à déclarer ? demande l'agent qui tient à faire son travail consciencieusement.

— J'ai apporté, dans mes bagages, quelques guérilleros. Suis-je obligé de les déclarer ?

Et l'agent d'immigration de répondre avec un grand sourire :

— Fouille complète des bagages de monsieur !

Philippe entre ainsi officiellement au Québec dans l'hilarité et les applaudissements nourris de la foule.

À peine a-t-il quitté le périmètre international de l'aéroport que Nathalie est déjà là. L'agent de sécurité n'a pu la retenir. Elle franchit les quelques dizaines de mètres qui la séparent de son ami et court se jeter dans ses bras. Ils demeurent ainsi, à s'embrasser, à se serrer mutuellement, à oublier cette cohue qui, elle, n'en finit plus de marquer sa satisfaction, par des applaudissements répétés et des cris.

Tous ces gens ont l'impression de vivre un moment exceptionnel. La population du Québec aussi, car les médias sont sur les lieux, leurs caméras captant sans pudeur tous les gestes du jeune couple.

Pendant quelques minutes, on se serait cru à un feu d'artifice tellement il y avait des photographes cherchant à saisir, sous tous ses angles, cet inconnu propulsé sous les feux de la rampe en si peu de temps.

Le journaliste Joël Lemieux, qui a couvert la prise d'otages du début à la fin pour la Télévision nationale, s'approche et lui demande :

— Comment se sent-on quand on revient dans son pays après toutes ces aventures ?

— C'est comme si je mettais les pieds pour la première fois dans la maison de mes parents après plusieurs années d'absence.

Et, se tournant vers la foule, il lance :

— Merci beaucoup, tout le monde, merci. Je vous embrasse affectueusement. Tout au long de mes vacances forcées, j'ai compris que je n'étais pas seul ; vous étiez avec moi, à me soutenir. Merci beaucoup.

Les journalistes veulent continuer à le questionner, mais Philippe s'excuse et leur demande de respecter maintenant son intimité.

Brusquement, il se ravise et, se tournant vers l'oncle Charles, il dit :

— À moins que mon oncle, qui a été mêlé de très près à ces événements, consente à répondre à vos questions.

L'oncle Charles fait la grimace. En d'autres temps, il aurait pris la relève de son neveu. Pas aujourd'hui. Philippe venait de lui jouer un sale tour :

« Il me le paiera un jour, ce petit coquin », se dit-il avec un sourire malicieux.

Pris au dépourvu, l'oncle répond aux questions des journalistes, sous le regard amusé d'Isabella.

Puis, estimant que c'est assez, il suggère aux journalistes de s'adresser au représentant d'ADIP AVIATION et au fonctionnaire du ministère des Affaires étrangères qui les accompagnent.

Cette diversion leur permet de s'engouffrer dans un taxi et de filer chez les parents de Philippe.

\*\*\*

Mais, que s'était-il passé entre la fin de la conférence de presse et le retour de Philippe au Québec ?

Quelques heures après leur prestation au

National Press Club, tout le groupe s'était donné rendez-vous au bureau de la Anderson World Communication pour analyser l'impact de l'événement.

Un fonctionnaire du State Department s'était présenté et avait demandé à voir les parents de Philippe.

Il leur avait dit, en substance, que le président des États-Unis avait suivi la prise d'otages jour après jour, à la télévision.

Il avait confié cette affaire au State Department qui surveillait son évolution en tenant compte des intérêts des États-Unis et des personnes prises en captivité. « Il faut comprendre, ici, les diplomates », avait ruminé l'oncle Charles.

— Vous nous avez apporté des faits nouveaux qui nous ont obligés à réévaluer rapidement la situation. Un émissaire du gouvernement va partir pour Bogotá dans quelques heures. Notre plan comporte trois points. Demain, sur l'heure du lunch, notre ministre de la Justice va officiellement annoncer, par communiqué de presse, que le gouvernement américain ouvre une enquête. Un « Grand Jury » sera chargé de faire toute la lumière sur la prise d'otages, incluant les accusations que vous avez portées contre la Bellon & Sons Foundation. En même temps, nous allons demander à un pays ami, le Mexique, d'accueillir le commando terroriste. Si le Mexique donne son accord, c'est un représentant de ce pays qui l'annoncera officiellement. Enfin, nous ferons savoir, par un émissaire qui rencontrera l'intermédiaire de la Croix-Rouge internationale, que notre pays abandonne sa demande d'extradition du narcotrafiquant Raúl Escarbia. Notre président croit qu'il est plus important de sauver des vies humaines que de régler certains irritants avec d'autres pays. Avec toutes ces mesures, il espère dénouer rapidement la crise.

\*\*\*

Tel que prévu, les médias ont rapporté que des discussions intenses avaient lieu avec les guérilleros, suite aux déclarations du gouvernement américain.

Puis, les événements s'étaient bousculés. Des unités de l'armée avaient rapidement pris position autour de l'ambassade française. Tout le quartier avait été hermétiquement bouclé.

Sur le coup de quinze heures, l'intermédiaire de la Croix-Rouge avait été demandé d'urgence par le *comandante* Jorge à l'ambassade. Il en était ressorti une heure plus tard et avait fait, au nom de la FARCE, cette déclaration aux journalistes qui trépignaient d'impatience :

*La Force armée révolutionnaire de Colombie pour l'égalité a décidé de libérer dès aujourd'hui tous les otages. Nous acceptons l'offre du gouvernement mexicain de nous accueillir.*

*Nous avons demandé à la Croix-Rouge internationale ainsi qu'aux ambassadeurs de France et des États-Unis de nous accompagner jusqu'à notre départ pour le Mexique.*

*La FARCE est un mouvement révolutionnaire qui vise à libérer la Colombie du gouvernement corrompu et de tous ses valets qui exploitent le peuple colombien et les richesses du pays au profit d'un petit nombre de capitalistes. La FARCE lutte pour libérer les classes ouvrières opprimées.*

*Cette action est terminée. Ce ne sera pas la dernière.*

*Ce n'est qu'un début. Nous allons continuer le combat.*

*Vive la FARCE !*

***

— Que comptes-tu faire à partir de maintenant ? demande Nathalie, confortablement installée dans les bras de Philippe.

— Je ne le sais pas encore. Je me contente de savourer ces moments de liberté. Je me sens comme si je venais de vivre un rêve qui n'a rien de fortuit. Un rêve qui s'est construit à partir de ma découverte et des événements qui s'y sont succédé. Tout ce qui m'est arrivé a préalablement été écrit dans des cartes de tarot. Je me suis longtemps demandé, par exemple, qui est cet Empereur mystérieux qui me livre bataille. J'ai maintenant une partie de la réponse. Il se terre à la Bellon & Sons Foundation. J'espère qu'on pourra enfin le démasquer et que je pourrai mettre un visage sur son ombre.

Philippe fait une pause, réfléchit quelques instants.

— La plus grande leçon que je retire de toutes mes aventures n'est pas ce que les cartes annonçaient, mais la signification qu'elles avaient pour moi. Quand j'étais prisonnier des guérilleros, j'ai souvent eu l'occasion de réfléchir sur ces cartes. Avec du recul, je peux constater qu'elles ont eu l'effet contraire à celui désiré par son auteur. Loin de m'intimider, elles m'ont plutôt aidé à mieux me comprendre et à passer plus facilement au travers des embûches qui s'accumulaient sur mon chemin. Je suis plus en mesure de cerner mes possibilités et mes limites. Mes attitudes par rapport à mes ambitions, par rapport à la vie. Autant d'éléments qui me permettent de relativiser les événements et mon expérience de la vie. Par exemple, il y a maintenant des valeurs auxquelles je tiens beaucoup : l'amour, la liberté, la famille, la coopération, le respect des autres. Elles valent plus que toutes mes actions.

— En tenant compte de ces valeurs et de ce que tu viens de vivre, as-tu l'intention d'orienter ta vie autrement ?

— Je veux plus que jamais piloter un hélico qui représente pour moi la liberté sous toutes ses formes : aller où je veux, me poser à peu près n'importe où, me prendre pour un oiseau ou pour un fakir, suspendu au-dessus du sol...

Philippe s'interrompt. Il a les yeux dans le vide, au beau fixe. Il ne parle plus. Nathalie respecte ce silence.

Il reprend :

— J'aimerais bien sûr avoir quelques millions pour réaliser tous mes rêves ainsi que les tiens. Toutefois, je n'en fais plus une obsession. L'argent est-il nécessaire pour travailler comme coopérants volontaires ?

— Nous n'avons besoin que de notre volonté et d'une bonne santé. Nous avons les deux et c'est ce qui constitue notre plus grande richesse. Je suis contente de t'entendre parler ainsi. Ces derniers mois, je t'ai senti loin de moi. Pas seulement physiquement. Psychologiquement aussi. Maintenant, je sais que tu es là, entièrement là. Cela me rassure.

Elle laisse reposer sa tête sur le torse de Philippe. Ils demeurent ainsi à ne rien dire.

Comme si le temps avait suspendu son cours...

Le temps, oui. Mais pas le désir amoureux. Philippe sent la main de Nathalie se promener sur son genou et remonter lentement sur sa cuisse, vers son sexe.

Elle défait le bouton de son pantalon, ouvre la braguette.

Elle s'empare de son sexe avec une hardiesse qu'il ne lui connaissait pas. Avec le bout de sa langue, elle le taquine, l'amène à sa pleine puissance.

« Mais d'où lui vient cette soudaine adresse ? Manuela lui aurait-elle donné un cours ? » s'interroge Philippe sans y croire.

Il se contente de lui caresser le dos. Langoureusement. C'est lui maintenant qui se laisse faire. Il est tombé dans une autre torpeur, celle du plaisir sensuel.

Avec ses lèvres, avec sa langue, Nathalie joue sur son sexe comme un saxophoniste qui, du bout des doigts, fait tressaillir son instrument, le fait résonner, le fait...

— Déshabille-moi.

Il enlève son pull, dégrafe son soutien-gorge. Ses seins, ils sont là, tous les deux, au garde-à-vous, pointés vers le sexe de Philippe, attendant d'être aspirés.

Elle s'installe sur lui, bien ancrée. Elle se penche pour l'embrasser et lui offrir ses seins en pâture.

Il promène sa langue lentement, mordille délicatement, aspire, remordille...

Puis, ils basculent, elle sur le dos, lui à genoux, en meilleure position pour explorer son corps jusqu'à cet extraordinaire canyon dont les parois sont toutes ruisselantes.

Il trouve enfin le seigneur de ce lieu secret, le roi, le véritable empereur, le maître de l'univers.

Philippe est tout excité à la seule idée d'affronter cet empereur.

Nathalie est au bord du divan, les jambes pendantes, son canyon impudiquement exposé au regard libidineux de Philippe.

Il met ses deux jambes sur ses épaules et se laisse glisser au fond de son canyon.

Il remonte, redescend, s'arrête, se penche pour l'embrasser, remonte, redescend...

Il entend une voix qui s'élève du fond de la terre ; il joint la sienne à ce concert de jouissance. Une fois, deux, trois fois.

Enfin, ils sont réunis physiquement et psychologiquement.

Ni l'un ni l'autre n'ose briser le silence.

C'est la sonnerie du téléphone qui les sort de la béatitude dans laquelle ils se complaisaient.

***

— Allô ! C'est Jean-François. Comment allez-vous ?

— À merveille ! Et toi ?

— Ça roule ! T'es-tu remis de tes émotions ?

— Je m'en suis sorti sain et sauf. C'est cela qui est important. Quant au stress, heureusement que nous avons eu des cours sur le sujet au CIA. Pendant ma captivité, j'essayais de me rappeler ce qu'il faut faire pour se détendre et de rationaliser ma situation précaire. Tu sais comme moi que, lorsqu'un problème technique survient en cours de vol, ce n'est pas le temps de paniquer. À l'ambassade de France, je me suis mis dans cette situation et ça m'a aidé.

— Est-ce que je peux passer te voir ? J'aimerais te parler d'un projet.

— Quel projet ?

— Je ne veux pas t'en parler au téléphone.

— Bon. D'accord. Je t'attends.

\*\*\*

Aussitôt après avoir raccroché, Philippe dit à Nathalie :

— Quand je suis entré dans l'aérogare, j'ai regardé les gens et les deux premiers visages connus que j'ai cru apercevoir étaient ceux de Jean-François et de Manuela, cette amie qui était à notre bal. Ils avaient la mine triste. Ce détail m'a frappé, car tout le monde autour était fou de joie. Au moment où mes yeux se sont arrêtés sur eux, ils sont subitement disparus et je ne les ai pas revus. Probablement des personnes qui leur ressemblaient.

— Quand nous aurons une minute, j'aimerais que tu me parles un peu plus de cette Manuela.

Philippe se prépare à ouvrir la bouche quand la sonnerie de la porte d'entrée retentit.

\*\*\*

Jean-François entre. Il est seul. Ils se serrent la pince, se donnent une tape dans le dos et Philippe l'invite à s'asseoir.

— Notre Secrétaire perpétuel va toujours aussi bien ?

— Le travail est plus dangereux qu'au CIA. Il comporte cependant des avantages indéniables comme la célébrité et les sensations fortes.

— Je viens t'offrir un boulot.

— D'hélicoptère ?

— Pilote de brousse.

— Où ?

— Au Québec.

— Pas question pour l'instant. J'arrive de Colombie. Je n'ai pas besoin de te raconter ce que j'ai vécu. Laisse-moi le temps de refaire mes forces. Une bière ?

Pendant que Philippe va au frigo, Nathalie continue la conversation avec Jean-François :

— Il a besoin de repos, de tranquillité. Je crois que ça va lui faire du bien de ne pas travailler pendant un certain temps. Avant que tu arrives, il m'a dit que son rêve est encore de piloter un hélico. Je l'ai vu rêver. J'espère que la bougeotte ne le reprendra pas de sitôt.

Philippe revient dans la pièce. Il avait eu le temps de réfléchir dans la cuisine.

— Au Québec, dis-tu ?

— Tu es un gars d'aventure. Tu aimes le risque. C'est ce dont j'ai besoin.

— Pourquoi dis-tu « j'ai besoin » ?

— Je possède une compagnie d'aviation de brousse. J'ai deux Beechcraft et deux Cessna que j'ai achetés à bon prix. Je livre des colis pour la Société des postes dans les villages du Grand Nord. Actuellement, je suis sur un contrat qui va s'avérer très lucratif. Assez pour que, si tu embarques avec moi, tu puisses piloter un hélicoptère plus rapidement que tu ne le penses.

Nathalie voit que Philippe est déjà en train de s'emballer. Oublié le repos ! Oubliée la Colombie ! Oubliée la FARCE !

— Minute ! Prends le temps de respirer. Tu viens d'arriver.

Philippe la regarde et dit, sans grande conviction :

— Tu as raison...

La discussion change de cap. Après quelques minutes, Philippe se lève, marche dans la pièce et demande :

— Quel genre de travail ?

— Un avion-cargo vient livrer de temps en temps des colis sur une base abandonnée au nord de La Tuque, en pleine forêt. Le petit aéroport est sur son chemin. Tu reprends les colis et tu les livres à leurs destinataires.

— Lesquels ? Où ?

— Je n'ai pas encore la liste.

— Ça paie combien ?

— Beaucoup.

— Beaucoup ?

— On réglera ces détails plus tard.

— Je ne comprends pas pourquoi le transbordement se fait sur une piste désaffectée et déserte.

— Une question d'installations. Le cargo passe par là et, surtout, il n'y a pas de frais d'utilisation pour l'aéroport. Rappelle-toi ce que je t'ai dit. Ce travail va te permettre de pouvoir piloter un hélicoptère plus rapidement que prévu.

***

Nathalie a insisté tant qu'elle a pu. Elle a argumenté haut et fort en prenant à témoin sa formation d'infirmière pour s'opposer à un départ aussi hâtif.

— Du repos ! Il te faut du repos !

Elle a utilisé les parents de Philippe pour l'aider dans son projet de garder plus longtemps son homme à la maison. En dernier recours, elle a supplié l'oncle Charles d'intervenir en sa faveur.

Rien n'y fit.

Philippe avait déjà pris sa décision. Il avait eu, bien sûr, quelques hésitations au début, dues en grande partie au malaise qu'il ressentait chaque fois qu'il était en présence de Jean-François. Hésitations aussi par rapport à la flotte d'avions appartenant à son ami. Comment avait-il pu obtenir son financement ? Et le travail ? Il a été plutôt avare de commentaires. Toutes ces hésitations ne faisaient pas le poids face à l'irrésistible envie de piloter !

Dans la semaine qui suivit la visite de Jean-François, Philippe s'acheta une « minoune » et partit pour La Tuque.

# Chapitre 19

Philippe arrive à La Tuque sur l'heure du souper. Il a rendez-vous avec Jean-François dans un petit restaurant du centre-ville.

De là, ils repartent tous les deux dans la camionnette de Jean-François vers l'aéroport désaffecté. Ils doivent y être à la brunante. Le chargement attendu arrive plus tôt que prévu.

\*\*\*

Une surprise l'attend lorsqu'il approche du petit aéroport. D'abord, il n'y a pas d'avion. Puis, d'autres personnes sont présentes, et pas n'importe lesquelles !

Manuela est là, debout à côté d'une autre camionnette. Elle est accompagnée d'un inconnu au teint basané.

C'est Philippe qui parle en premier.

— Manuela, qu'est-ce que tu fais ici ? Et, qui est cet homme ?

— Nous avons un petit échange à faire, mon ami, répond Jean-François.

— Quel échange ?

— Ta vie contre des certificats d'actions. Tu nous les donnes et tu as la vie sauve. Tu refuses et tu pars en voyage avec l'avion qui va atterrir bientôt.

Philippe essaie de rassembler ses idées. Son ami et son amante qui le menacent ! Ce n'est pas sérieux ! Et cet homme...

— Qui est cet homme ?

— C'est mon frère, lui répond Manuela.

— Que fait-il ici ?

— Nous allons t'expliquer, répond Jean-François, parce que tu sembles avoir de la difficulté à comprendre. Ce que nous voulons, c'est ton pognon. Tu nous le donnes et hop ! on disparaît. Et tu es en paix pour la vie.

— Mais enfin, vous allez m'expliquer ? ciel penché !

Philippe sent que quelque chose ne tourne pas rond actuellement. Il ne saisit pas la raison de la présence du frère de Manuela.

— Te souviens-tu du message que tu m'as envoyé, par courrier électronique, lorsque tu étais à Cali ?

— Oui, je m'en souviens. Et tu m'avais raconté que ton frère... C'est donc lui qui a intercepté notre courrier ?

— *Efectivamente* !

En entendant ce mot, le frère de Manuela demande aussitôt :

— *¿ Cómo ? ¿ Qué pasa ?*

292

— *Nada*, lui répond sèchement Manuela. Mon frère a donc suivi attentivement tout le déroulement de la prise d'otages.

— J'ai de la difficulté à faire le lien entre lui et vous ?

Philippe s'assied sur une roche. Il prévoit que la discussion sera longue, car les explications sont plutôt ténébreuses jusqu'à maintenant.

Jean-François se met à table :

— Il est associé avec nous. C'est lui qui m'a prêté l'argent pour acheter la compagnie d'avions.

— Qui c'est le « nous » ?

— Manuela et moi.

— Il y a longtemps que vous êtes ensemble ?

— Depuis que tu es parti pour la Colombie. Un soir, j'ai téléphoné à Manuela et elle m'a invité chez elle. Elle m'a raconté comment tu as découvert l'hydravion. C'est à partir de ce moment que nous avons échafaudé un plan pour partager cette fortune. Nous croyons qu'une partie lui revient de droit.

— N'étiez-vous pas à Mirabel le jour de mon arrivée ?

— On ne peut rien te cacher.

Philippe regarde Manuela qui a de la difficulté à soutenir son regard.

— Comment as-tu pu me baiser de la sorte alors que je t'ai toujours accordé ma confiance ?

— Si tu avais vécu et enduré toutes les souffrances depuis que je suis toute petite, tu comprendrais les raisons qui m'ont poussée à agir ainsi. Tu n'as pas vécu l'enfer que fut mon enfance à Bogotá. Je ne t'ai pas dit qu'avant d'être adoptée par mon père actuel, je vivais dans les ruelles de Bogotá. Je faisais partie de ce qu'on appelle les *gamines* de Bogotá. J'ai dormi sous des cartons, dans des coins de ruelles. J'ai dû me débrouiller pour survivre. J'ai appris que mon père était alcoolique et que ma mère faisait le plus vieux métier du monde. Tu ne sais pas ce que c'est que de fouiller les poubelles ou les décharges municipales pour trouver quelque chose à manger ! T'est-il déjà arrivé, un jour, de faire du *colincharse* ? Sais-tu ce que c'est que le *colincharse* au moins ? Je vais te le dire.

Manuela parle la rage au cœur. Elle continue son histoire, les yeux embués de larmes :

— Quand on avait fait un bon coup, on s'accrochait aux pare-chocs des voitures et on se droguait en aspirant à pleins poumons les émanations d'essence. C'étaient nous les *gamines* de Bogotá ou encore les *carasucias*, les figures sales comme on nous appelait souvent. J'ai mené cette vie jusqu'à ce que je sois adoptée. Un soir, alors que nous étions ivres, Jean-François et moi, je lui ai raconté mon histoire. De son côté, il m'a parlé de sa difficile adolescence, de ses démêlés avec ses parents. De fil en aiguille, en partageant ainsi ces moments d'intimité, je lui ai parlé de ta découverte. Il m'a alors dit :

— Pourquoi ne pourrions-nous pas nous en sortir, nous aussi, et mener une vie décente ? Tu as droit à la moitié de cet argent, m'a-t-il martelé. Au point que j'y ai cru.

— La prise d'otages en Colombie, c'était votre œuvre ?

— Nous y avons été impliqués indirectement.

— Mon frère, rappelle-toi, était en visite chez moi. Il a compris qu'il y avait de l'argent à faire avec toi. C'est lui qui a mis le cartel de Cali sur ta piste.

Jean-François continue :

— Comme leur plan a échoué, et que tu as été libéré, nous voulons notre dû, les certificats d'actions.

À mesure que Jean-François et Manuela étalent leur complot, Philippe sent le tapis lui glisser sous les pieds. C'en est trop. Trahi par ses meilleurs amis ! Seul dans cette forêt sombre, sous les menaces des trois crapules. Son désespoir est total.

\*\*\*

La noirceur a maintenant envahi complètement la piste déserte. Tout à coup, on entend, de loin, un avion qui s'approche. Jean-François fait un signe de tête au frère de Manuela en direction de Philippe. Le Colombien sort un revolver de sa poche et le pointe vers lui.

Pendant ce temps, Jean-François monte dans sa camionnette et Manuela dans l'autre. Ils vont se placer à chaque bout de la piste qu'ils éclairent avec les phares de leur véhicule.

L'avion fait un demi-tour au-dessus de leur tête, puis amorce la descente. Les deux camionnettes viennent se placer tout près de la grande porte dès qu'il s'est immobilisé. Philippe reconnaît ce modèle. C'est un Convair utilisé lors du développement hydroélectrique de la baie James.

Il observe cette scène avec stupéfaction. « Comme j'ai été naïf ! Je me doutais que son histoire n'était pas très catholique ! Mais, que peuvent-ils donc trafiquer ainsi ? »

La porte de l'avion s'ouvre. Deux hommes sont à l'intérieur. Il y a des bidons d'essence, partout, sur le plancher, probablement pour le ravitaillement en plein vol.

« Colombie ? Cali ? » Philippe comprend maintenant. « Ils font le trafic de la cocaïne. »

Ses soupçons sont rapidement confirmés. On commence à sortir des gros ballots de l'avion que l'on transfère dans les camionnettes.

Les quatre comparses sont tellement absorbés par leur travail qu'ils n'entendent pas le bruit étouffé des pas qui s'approchent. Même le frère de Manuela qui est totalement absorbé par les opérations de transbordement.

Et puis, soudain, d'immenses projecteurs éclairent la piste. Une voix crie :

— Police. Ne bougez pas. Vous êtes en état d'arrestation.

En moins de deux, quatre policiers encerclent Philippe et le frère de Manuela qui laisse tomber son arme.

Les bandits sont consternés. Les aviateurs regagnent rapidement les sièges de leur avion pour tenter la fuite, mais un hélicoptère, équipé de puissants projecteurs, apparaît au-dessus de leur tête.

Ils se rendent sans opposer de résistance.

***

Les policiers demandent à Philippe de rester un peu à l'écart, le temps de s'assurer qu'il n'y a personne d'autre dans l'avion.

— Pour votre sécurité, lui dit-on.

Comme par magie, il voit soudainement apparaître derrière les policiers Nathalie et l'oncle Charles.

« Que vient-il faire encore ici ? » pense Philippe.

Au moment où les policiers amènent les cinq malfaiteurs, menottes aux mains, Manuela se retourne et lance, les larmes aux yeux :

— *Felipe, siempre te he querido, pero yo creo que el amor del dinero fue más fuerte que todo. Te deseo mucha felicidad con Natalia.*

Les policiers offrent à Philippe, à Nathalie et à son oncle de les reconduire chez ce dernier en... hélicoptère.

— Vous ferez votre déposition pendant le vol.

Dans l'hélicoptère, Nathalie demande à Philippe de lui traduire les derniers mots de Manuela.

— Je t'ai toujours aimé, mais je crois que mon amour pour l'argent a été plus fort que tout. Je te souhaite beaucoup de bonheur avec Nathalie.

\*\*\*

— Mon neveu, tu as de la chance ! Commençons par ouvrir une bonne bouteille de rouge. Il est grand temps que je te raconte la fin de l'histoire.

Pendant que l'oncle va à la cuisine préparer le vin, Nathalie va s'asseoir à côté de Philippe et lui demande :

— La femme dont il était question quand nous sommes allés à New York, c'était cette Manuela, n'est-ce pas ? Ce n'était pas l'Aventure comme tu m'avais si bien répondu, hein ? Menteur !

***

Quand tout le monde est assis, l'oncle Charles commence son histoire :

— Parlons d'abord de ta fortune.

— Quelle fortune ?

— Eh bien ! mon cher neveu, tu posséderais maintenant près d'un milliard de dollars.

— Un milliard ? Ciel penché ! êtes-vous tous tombés sur la tête ?

— Tu penses ? Alors, écoute ce que je vais te dire. Peu de temps après ton départ, des agents du FBI, accompagnés de représentants de la Sûreté du Québec et d'un spécialiste en archives sont venus me voir. Ils voulaient examiner tous les certificats en notre possession. Ils les ont regardés un à un et en ont attesté l'authenticité. Quelques jours plus tard, le grand jury américain garantit officiellement leur validité. Il confirma aussi que tous ces certificats sont ta propriété. Théoriquement, les vieux papiers valent huit cent soixante-quatorze millions, cent soixante-treize mille...

— N'oublie pas les poussières, surenchérit Isabella.

— Pourquoi dis-tu qu'ils valent « théoriquement » huit cent soixante-quatorze millions et quelques poussières ?

— Voici ce qu'a révélé l'enquête du grand jury. C'est le trésorier de la Bellon & Sons

Foundation qui avait manigancé toute la fraude. Fraîchement diplômé en comptabilité de la Pittsburgh University où il était arrivé premier de sa promotion, il a aussitôt été embauché par la Fondation, à l'âge de 25 ans, quand Andrew, le dernier des Bellon, disparut. Il y voit aussitôt l'occasion de profiter de cette situation. Il induit en erreur la NACOM en déclarant être en possession de tous les certificats émis au nom d'Andrew.

— La NACOM n'a jamais cherché à voir les certificats d'actions ?

— Le trésorier avait réussi à contrefaire les certificats en achetant à prix d'or des employés de l'imprimerie où avaient déjà été imprimés les originaux. C'est ce qu'il a écrit avant de...

— Quoi ? Il est encore vivant ?

— Le pauvre s'est donné la mort aussitôt que son arnaque fut connue du public. Le conseil d'administration ignorait tout de cette machination. La NACOM versa chaque année les intérêts dus au trésorier. Ce dernier, par un tour de passe-passe remarquable, transférait l'argent dans un autre compte et les dollars de la NACOM s'envolaient vers les îles Caïman, un paradis fiscal. De fil en aiguille, l'argent se retrouvait dans les coffres d'une compagnie dont l'administrateur principal était... le trésorier de la Fondation. Un montage financier parfait qui aurait longtemps passé inaperçu, s'il n'y avait pas eu cette découverte au canyon de la Sainte-Marguerite !

« Il y a eu une négociation entre la Bellon & Sons Foundation, notre avocat, les avocats américains et un juge chargé de faire appliquer les conclusions du grand jury. Comme l'homme avait fraudé l'organisation, le juge décida que tous les biens meubles et immeubles acquis par la fraude retourneraient à la Bellon Foundation. Il a aussi reconnu une responsabilité limitée envers la Fondation et n'a pas voulu la pénaliser.

— Et tout cela a donné quoi ?

L'oncle Charles boit une gorgée de vin. Il fait manifestement languir son neveu. Il continue, en parlant très lentement :

— Le juge a ordonné à la Fondation de te verser, dans un compte d'une banque suisse, un pour cent de la somme totale, soit près de neuf millions de dollars, en guise de réparation pour les souffrances morales ou physiques subies.

— De la petite monnaie, quoi !

— Ça, c'est une partie du jugement.

— Ce n'est pas tout ?

— Magnanime, le juge a sommé la Bellon & Sons Foundation de te verser un autre dix millions de dollars par année, pendant toute ta vie ainsi qu'à tes héritiers, jusqu'à un maximum de 61 ans, soit la durée de la fraude.

— Voilà qui est mieux !

— En contrepartie, si tu acceptes, tu cèdes les certificats à la Bellon & Sons Foundation qui en devient propriétaire.

— Et si je refuse ?

— Attends-toi à une très longue et coûteuse guérilla judiciaire. Tu connais, les guérillas... ?

Philippe se tourne vers Nathalie :

— Dix millions par année, est-ce suffisant pour réaliser nos rêves ?

— La première année, non. Il faudra acheter mon hôpital, un hélicoptère... L'an prochain, on pourra escompter faire quelques profits...

— Donne-moi les papiers, je signe, ciel penché !

***

L'oncle Charles se lève :

— Levons notre verre au nouveau millionnaire et à sa compagne. Pour te faire oublier tout ce que tu as vécu depuis que je t'ai mis sur cette piste d'hydravion écrasé, je t'offre ce petit présent.

Il sort de sa poche un petit paquet qu'il dépose devant son neveu. Philippe le regarde, intrigué. Il l'ouvre. C'est un jeu de tarot. On a dessiné une tête de mort sur la première carte, celle de l'Empereur.

L'oncle Charles fait un dernier clin d'œil à Philippe.

**DISTRIBUTEURS EXCLUSIFS**

*Distributeur pour le Canada et les États-Unis*
LES MESSAGERIES ADP
MONTRÉAL (Canada)
Téléphone: (514) 523-1182 ou 1 800 361-4806
Télécopieur: (514) 521-4434

*Distributeur pour la Suisse*
TRANSAT S.A.
GENÈVE
Téléphone: 022/342 77 40
Télécopieur: 022/343 46 46

*Distributeur pour la France et autres pays européens*
HISTOIRE ET DOCUMENTS
CHENNEVIÈRES-SUR-MARNE (France)
Téléphone: (01) 45 76 77 41
Télécopieur: (01) 45 93 34 70

*Dépôts légaux*
3ᵉ trimestre 1999
Bibliothèque nationale du Canada
Bibliothèque nationale du Québec